住在文城里的日子

曹剑波 著

暨南大學出版社
JINAN UNIVERSITY PRESS

中国·广州

图书在版编目（CIP）数据

住在文城里的日子/曹剑波著. —广州：暨南大学出版社，2022.7
（2022.11 重印）
ISBN 978 - 7 - 5668 - 3429 - 4

Ⅰ. ①住…　Ⅱ. ①曹…　Ⅲ. ①诗集—中国—当代 ②散文集—中国—
当代　Ⅳ. ①I217. 2

中国版本图书馆 CIP 数据核字（2022）第 088787 号

住在文城里的日子
ZHU ZAI WENCHENG LI DE RIZI
著　者：曹剑波

出 版 人：张晋升
策　　划：周玉宏　黄志波
责任编辑：黄志波
责任校对：冯　琳　陈皓琳
责任印制：周一丹　郑玉婷

出版发行：暨南大学出版社（511443）
电　　话：总编室（8620）37332601
　　　　　营销部（8620）37332680　37332681　37332682　37332683
传　　真：（8620）37332660（办公室）　37332684（营销部）
网　　址：http://www.jnupress.com
排　　版：广州尚文数码科技有限公司
印　　刷：佛山市浩文彩色印刷有限公司
开　　本：787mm×960mm　1/16
印　　张：14.5
字　　数：200 千
版　　次：2022 年 7 月第 1 版
印　　次：2022 年 11 月第 2 次
定　　价：52.80 元

他序： 文城诗人

每个人心中
都有一座城
诗人的城
叫文城
文城在哪里
诗人没有说

这首小诗，是我先生为这本随笔集《住在文城里的日子》（以下简称《文城》）写的注释，写得文雅，读着暖和。

记得上次为先生的《你来到了我的时光》写序，是 2019 年元旦。那天，我一个人在成都家中，外面下着淅沥的小雨，小雨微而轻地落在树叶上，然后慢慢地汇成滴，因为周遭十分安静，雨滴从树叶滑下，落在庭院的声音十分清晰。那天格外湿冷，虽心里暖融，但手脚冰冷，仍冷得不停地搓手。

一切还是那样清晰，时光却走了近三年。我先生在工作之余完成了这第三本随笔集，并向出版社递交了稿件。

今天，2021 年 11 月 24 日。

冬日阳光，铺满大地，把广州的家烘得暖暖的，每个房间都散发着阳光的味道，阳光照在身上，把心儿都暖透了。这种感觉，似乎就是先生常说的"慵暖"。之所以强调这个日子，是因为它特别值得我为之欢喜。

先生在外地出差，一早打来电话，我问："诗人，啥指示？"

先生很低调，却满满傲娇，说："哪敢指示哟，但有好消息。"

我说："啥好消息呢？"

先生说："随笔集通过了审批，出版社决定出版了。"

"哇，祝贺你，老公!"我兴奋地说道。

剑波，我的先生，我的诗人，让我幸福骄傲的名字。

祝贺你，祝贺你的坚持终于有了收获，我由衷地喜欢这本随笔集的书名，正如我喜欢其中的每一篇文章一样，既是因为文字之美，也是因为永恒之喜欢。

我的诗人，从你告诉我书名的那天开始，我就认真去体会，每篇文章我都早已熟悉，再读时，依然如风的信子，让我遇见美好。

我亲爱的诗人，因为《文城》，你又成了我的文城诗人。我喜欢《文城》和文城诗人的程度，就如你那句"我写过最美的字，就是你的名字"一样，直白简单，由心而诚。

诗人，我的文城诗人——

我也懂憬朝夕，懂憬朝夕中的安宁，尤其是它在安宁中的天籁。

我也喜欢憩息，喜欢憩息中的微澜，有细水长流，有在水一方。

我也时常回忆，回忆与写诗少年的第一次见面，烟雨中的寒暄。

我也懂得守望，懂当归未归出走半生的少年，懂风吹过的夏天。

我也静听细语，静听柔若细雨的诗语，在静听中皈依。

我的心中也有一座城，那里有一窗风月，满树花开，能枕书入梦……

《文城》里记下的文字，串成了岁月的故事。冬日阳光，无尘明媚，笼罩着这些美好，弥散出阵阵芬芳。这芬芳，有江南油纸伞的味道，有风信子捎回的远方味道，有家中书房的油墨味道，有潜在心底的妈妈味道……

此刻，我在芬芳里，从容思索，从容为序，山水为欢，韶华如梦。

真正的平静，不是避开喧嚣；真正的从容，不因凡事有成。而是在涛声中，心底修了篱，种了菊；在独处中，确认有人想念，有小确幸；在简单平凡中，梦想清晰，有滋有味。烦乱中不慌张，浮世中不迷失，流年中不荒废。荒芜中，依然有天籁的安宁；深秋寒冬的一树荼蘼中，依然有一枝梅花的简约美丽。成功之时，静如止水；沉落之时，亦能少年。

剑波的文城在哪里?他没有说。或许，就是这修了篱的一间庭院，就是这"慵暖"的一方阳台。

我的先生，我的文城诗人，是吗?

世界喧哗时，诗人却爱走进文城。

时光如歌，懂得生活、珍惜遇见的人总会把日子过得精致、有品位。匆匆光影，总不吝啬地为他们送来春光，记下芳华。

一砖筑一墙，一石铺一巷，一瓦盖一房，一窗就是一个家。再精彩的人生，都是一针一线地缝补，《文城》也如此，都是由一个个夜晚、一缕缕月光、一段段文字构成，是由剑波一字一句地缝补而成。

砖瓦针线，平凡普通，却让我觉得踏实，我能清晰地触摸到它的温度。剑波的一字一句，同样平凡普通，但也美好动人，我能简单明了地读懂他的自由、快乐和幸福。心如夜雨洗尘，真的干净；心如春雨浇灌，真的温润。

剑波，我的先生，我的文城诗人。

正如"将一个人爱到无心"，我也喜欢"将一本书读到无字"。《文城》是你的浮世清欢，也是我的红尘爱恋；是你的诗与远方，也是我的缓缓归兮。你一山一水地走着，我一朝一夕地陪着。

你，就是我心中的城。

《文城》有许多感动与打动我、给我快乐与幸福、让我骄傲与动容的文章和句子。

剑波，我的文城诗人，在你的第三本随笔集即将出版之际，我为你感到无比高兴。写首小诗，以表达我的爱和懂，更表达我对《文城》读者们的感谢，谢谢大家对我先生的支持和鼓励。

有些地方
此生一定是要去的
有些地方
此生也一定是要有的

譬如有你的城市
譬如文城

杨　静

2021 年 11 月 24 日

广州

以文围城　向阳而生

自序： 一时文城

　　轻倚窗前，静看窗外，月光、街灯和人儿，在夜色中安宁了。

　　小城的夜，出奇的静，这里的人们习惯早睡，偶尔夜行的人也不匆忙，其脚步声，在月夜里也很轻柔。多好的月色啊，如雨露般滋润着这座城市，也滋润着我的呼吸，美感十足，却非梦境，让我无法按捺，有了为这本随笔集写自序的冲动。

　　前些日子，在晨跑时，我便为这本随笔集定了书名"住在文城里的日子"，并坚定认为是妥妥地想好了，且为书名作了注释：每个人心中都有一座城，诗人的城叫文城。文城在哪里？诗人没有说。

　　我一直以为，最好的遇见是陌上花开，阳光正好，微风不燥，不寒不凉。那一刻，你我刚好走进彼此。我也想逢着心中的城，闲适地走进去，或坐一会儿，或歇一宿，或住上几天，在陌上之城使心境安然，写些文字。

　　因为念大学，我在这座小城生活了四年，那时青春年少，留下了许多纯粹的记忆，有的是关于情感，有的是关于梦想。所以，虽然这座城还不是我心中的城，但它有些干净，有些文艺，让我时有想念。

　　昨日，忙碌一天后，虽然时间已晚，身体也有些乏，但很想到老城区走走看看，虽然我知道，三十年后的那里或许已完全陌生。

　　城市的夜，飘着细雨，含着雨的风冷冷地吹着，被雨打湿的石板街，在街灯下显着粼光，走在上面，有些滑。

　　老城没有了记忆中的模样，那些记忆中的街道多已变迁。或许是因为这几天降温，也或许是因为时间晚了，街上行人很稀少，可越是这样，我的步伐反而越畅然，朴素恬淡，不落尘俗。

　　我没有撑伞的习惯，我很享受雨中漫步的心境，尤其是在古镇老街，感觉更妙。

　　漫步在不知细雨谁洒落的斜斜诗意中，漫步在灰蒙蒙的烟雨中，便会遇见似是故事中的往昔，遇上似是故人来的自己。在这样的时空，极易萌生出这些想法，也极易与未曾相知的自己相逢，然后互道一声"你好"或"你好吗"。

这时，我突然生出一种感觉：我们相逢的，不是别人而是自己；我们所牵绊的，无论是过去的、现在的还是未来的，其实都是某个时刻的自己。

安宁的小城，街灯如羽，雨丝如翼，时光清浅，岁月安稳。当看到大门紧锁的邮局和新华书店时，我才在这座城里找到了记忆中的点，并由此蔓延开我对这座城的回忆。虽然我需要穿越回三十年前，但从那个地点开始，我回到了曾经。那一刻，一种时光有约的感觉漫上心头，顿觉时空长河里真有另一个我，如我寻找这个城市记忆般地等着我。

南方银杏的美，没有它在北方来得早，但那叶金黄，在老城里我再次见到，它在风中翩舞，在雨中荡歌，然后划过我的眉梢，落在我的脚尖，唤起我回想那些年的青春时光，以及那些年在这座城市的记忆。

城里夜深，我的脚步足够轻盈，我不想打扰它的安宁。但那刻，我的确控制不住冲动，或许是我与未曾相知、远去多年的曾经冲动的自己相逢了。

> 我曾经生活的那条街
> 就像一片茶叶
> 浸泡在如水的岁月里
> 即使到了子夜
> 青石板上依然有异乡的游客
> 用稀疏的脚步独自品尝

深夜的小城，比我想象中更加安宁，它的安宁充满了令人向往的美好，更充满了蛊惑人冲动的力量。

于是，我朗诵起欧震的诗，虽然朗诵水准不高，但融入了极深的情感。朗诵完，我发现城市更加安宁了，小雨更加密集了，我的身体也更加暖和了。

写到这里，我突然发觉这好像不是写序，便停了笔。

窗前月儿，依旧弯弯，更加透亮，无须仰望，只看看它在月色中的银装素裹，看看它如雪般绽放，心中有再多的繁乱也会放空，也会皈依。我想，这或许就是诗人的闲适状态，一心向往住在文城里的日子、写在文城里的文字，难道不就是这样的吗？自由落笔，自由思想，自然起止，自然而然。

我亲爱的朋友，不知不觉中，这本随笔集写了三年。

我常对着沙漏思考，它让我们亲历着时间的消逝、事物的变迁，它让岁月在流年中褪去，在长河中沉底。时光装进沙漏，便被隔成了过去与未来，属于现在的，只是一刻。三年时光，许多时光如沙漏，流走得无声无痕，但很幸运，文字把我落幕的凡尘归集成了安宁，甚至归集成了风景，如沙漏，倒立呈现。

想到这，我由衷地感谢这三年，更加感谢过去的自己。

从第一篇《驶往江南的列车》到最后一篇《文城》，每一篇文章写作时的地点和心情，都历历在目，它们陪伴着我度过许多有月无月的夜晚，也懂得我许多思想的状态。真的感谢这些文字，它们让我的时光充满了真情，充满了温暖。

"What's past is prologue. 凡是过去，皆为序章。"此刻月下，我想起了莎士比亚《暴风雨》中的这个名句。我想感谢关心我的家人、朋友、同事和同学，你们的鼓励都是我的序章。因为你们，我获得了信任的力量；因为你们，我的文字被温柔以待，幸福满满。

"All the future can be expected. 凡是未来，皆可期望。"正如我在第二本随笔集《你来到了我的时光》序中所写：我不是作家，只是一名写诗的农牧营销人。虽然文字和书如我心中的文城，并不是人生的全部寄托，但我坚信文字能让我更深刻地了解自己，书籍能让我的胸怀更加开放、更加包容，它们能让我独处一隅时也能面朝大海，春暖花开，书写诗与远方。

珍惜遇见，爱所有人，信任世界，感恩时代，热爱职业，不负韶华，是我最爱的文字，虽然呆板，但我坚定如此。有时也想不明白，甚至陷入痛苦之中，所以才在心中渴望一座城，一座叫文城的城，渴望在那里寻到答案，寻到本真的自己。

"我荒废了时间，时间便把我荒废了。"感谢三年的文字，它如莎士比亚的警示语，让我把平凡串成美好，从而没有虚度；也让我把流年串成诗句，从而没有荒废，就如这首《城序》。

这个夜晚
诗人住进了这座城
住在了城里的一个小小酒店
酒店小，房间也很小
但对衬着那一弯细月
足够了

它足够让我安宁
在安宁中，我的心跳清晰，文字也很清晰
清晰得可把思念幻成梦
清晰得可把思想写成序
然后，在序梦中道一句
Darling，晚安

曹剑波
2021 年 11 月 10 日
重庆

目 录

以文围城　向阳而生

第一编　朝　夕

守日出

迎朝阳

追来大地的黎明和第一抹晶莹

当夕阳西下

天边晚霞

落幕安详

朝花夕拾

是大地的皈依

还是诗的安宁

驶往江南的列车

小城

在雨中，舒缓安宁

一个人，一节车厢

车站

褪去繁华，宁静空旷

一列火车，一个世界

飞驶的列车，着急赶赴旅途上的这场遇见

窗外

翠的是竹，绿的是柳

下着细雨，吹着微风

风雨如丝，山高水长

有人坐着火车远行

有人在风中伫立

有人在烟雨里撑着油纸伞

哦，又到了江南

列车

把诗人带到了江南，不，是带回了江南

诗人
从远方赶来
动了凡心
这烟雨朦胧的深处
有诗人喜欢听的故事和缠绵的雨点

雨点
打在车窗上
像个逗号，点在了昨天和明天之间
给了诗人一段闲暇的时光
踏浮萍，追寻面如桃花的记忆
踏巷石，追寻长发及腰的纤细
与江南，温柔相见

闭眼
携风带雨，在云水间静思
记忆深深浅浅
从江南想到遥远
然后，把过往折叠
等待另外一些故事斜风细雨地道来
烟雨流年

难道
诗人觉悟了
每个人心底都藏着一个乌有之人
诗人总在一些时光场景中辗转
心底奇迹般地开出一个春天

因为一个人，爱上一座城
在起雾的窗上，写下你的名字，落款江南

或许
真有这样的时刻，也真有这样的诗
就像在江南，就像希梅内斯的《你与我之间》

你与我之间
爱情竟如此淡薄、冷静而又纯洁
像透明的空气，像清澈的流水
在那天上月和水中月之间奔涌

这宁静，穿越诗人的青春年华
从未散乱

江南
从《雨巷》到《小巷》
从丁香油纸伞到又弯又长的老城
从结着愁怨的姑娘到拿把旧钥匙敲着厚厚的墙的少年
从出现时的喜悦到离开时的寂静
让年轻的诗人
也老了容颜

终点
城市，早已入睡
熟梦温婉芬芳，发着纯洁清澈的芽
诗人，昼思随风，夜坐听雨

老城，古巷

篱墙，客栈

江南，宁静悠远

2020 年 6 月 9 日

在去往杭州的 G5531 高铁上

第一编 朝夕 ◇

遇见阳光

窗外

还没有曙光

城市的东方，也刚刚有些吐白

仿佛有谁在呼唤

我走进了这雪域的晨

雪风，像刀子一样，刮在脸上

再坚毅的眼眶

那一刻，也经不住涌出一眸的泪水

我知道，那不是眼泪

那是我对东北大地这辽远雪域的赞赏

几天前的这场雪

如多年前在这写的诗行

她还没有消融

她紧紧地包裹着大地，为大地穿上洁白的衣裳

是的，这片土地需要她

她是这片土地生生不息的念想

她来了

这片苍茫的土地变得内敛

地冻山寒，天高地远，在萧瑟与安静之间

韵出了江河与山川的风流，以及如画的模样

在诗的旷野里
我踏着大地，大地嘎嘎响
与这片土地深情相拥之后的泪水
涌进她的身体
变成冰，变成坚硬的肌肤和挺拔的脊梁

从第一枚秋叶落下开始
我就一直等待着，等待着她来到身旁
也和她一样，从秋天开始
我就一直渴望着，渴望着来到这座城
树，是轮回的时光
在春天里，把大地演绎得风骚
在冬天里，把大地演绎得悲壮
雪是不老的姑娘
在漫长的等待里，她成为美丽的向往
此刻，她就是诗，就是晶莹的梦想

雪风
呼啸地来与去
尤其在这清晨
她狂野地奔腾
她吹着响亮的哨子
仿佛在催促城市里安睡的人们
起来吧，不要蹉跎
去原野，去雪域，去拥抱清晨的阳光吧

这一刻，我的心充满力量
仿佛变成当年那个追风的少年

清晨的太阳
挂在树梢、山头和城市的东方
在雪域里，在楼宇墙上
折射出万道光芒和辽阔金黄
在冰河道的凹凸间
折射出奋进的希望和九个太阳

雪域阳光
不热烈，但奔放、灿烂、光亮
冰冷的大地，被她温存地抚摸
梦想，是生命摆脱一切束缚的自由
向往，是内心对梦想的憧憬与渴望
不要去依附谁，也不要去证明脚步向前的意义
心有阳光，就自由行走吧
向着梦想奔跑
就会遇见阳光

2018 年 12 月 25 日
沈阳

月亮诗语

月亮
是一位美丽的公主
也是一位漂亮的妈妈
她有好多孩子
月亮妈妈给她的孩子们取了美丽的名字
叫星星

晚上
月亮会带着孩子们到夜空里玩耍
孩子们非常可爱
眨着眼睛
闪闪的，像珍珠一样
幸福极了

月亮
精心地护着孩子们
发出皎洁的光
照亮着她每一个孩子的脸庞
然后，讲着故事
孩子们围着，着迷地听着妈妈好听的声音

亲爱的

今夜，我带着孩子们

在夜空里守候着你

我甚至甘愿是猎物，掉进你的网

即使只有坠落才能遇见

我也愿意

月亮

讲故事时也会深情地读诗

读诗的时候

月亮掉下了眼泪

那一刻夜空下起了雨，也结了露

安静无比

亲爱的

望望这蓝色的夜空

看一看我们的孩子

我没有翅膀，不能向你飞翔

我只有一双永恒的眼睛

守望着你

月亮

拧着月光

在宁静的夜空，独自行走

她在想念一个人

哪怕夜风沉重

也没眨眼睛

孩子们问

妈妈，你在想爸爸吗

我们的爸爸在哪里

月亮朝夜空望了望，说

我的孩子们，你们的爸爸在那

那里叫地球

孩子们说

妈妈，我们要去找爸爸

然后，呼啸着奔向妈妈望着的方向

孩子们燃烧的身体，在幽蓝的夜空中

划出一道道的亮光

晶莹璀璨

睡了吗

如果没有，跃入你眼眸的精灵

不是天外来客

也不是宇宙的过客

而是想你的眼泪，是夜的孩子

叫流星

2020 年 6 月 17 日

广州华南碧桂园

星河之恋

航班

晚了点，连上两天

读着诗，倚着舷窗

感触着来自天宇深夜的凉

目光投向舱外

无穷的夜空里

月浴满天星，涌如大江流

身有疲倦，心生欢喜

星河

宛如街市的灯火，密密闪闪

如妙龄心房

如思绪海洋

月亮

在蓝色的夜空中

如夜的脸

也如诗卷

诗人

依着夜色

身体和思想，穿越着星河

读着它的深远

诗人的远方和远方的伊人

此刻，若隐若现

不知，诗人是否进驻了她的梦乡

她是否在呢喃

流星

划破天际，从深处飞来

从眼前划过，奔向月亮

在抵达瞬间

消殒成一道璀璨的光芒

悲壮，深情

天涯惊艳，却咫尺不扰

如人间流年

月光

抚着星星，微微地笑

星星

依着月，温柔地眨眼

充满娇情与爱恋

静自温婉

诗人心底，泛起微澜

如水缠绵

诗人

赴约思念

也或许，是在赴约这场星河之恋

但不去惊扰他们

靠着枕，仿佛倚着星河的轩窗

低头看，看到了伊人的城市

那里早已

灯火阑珊

2017 年 6 月 14 日

南京飞往成都的凌晨

这一天如此温暖

这一天，正月初九。

广州城，阳光满满，春风煦煦，心情暖暖。

清晨，打开手机，手机里不断传来你的文字，有的甚至是发自凌晨。这美好，仿佛远方寄来的朵朵花瓣，仿佛满天的星星与朝霞，在这美好的清晨，暖暖地从窗边涌进我的房间。

诗人的心，沉浸在这真诚而温暖的阳光里。诗人懂得你的语言，甚至仿佛看到了你书写这些美妙语言时，脸上洋溢着的笑容。亲爱的，谢谢你。

有你，真好；有你，就有温暖！

岁月缓缓，但时光不居；光阴不急，但流年匆匆。

生日，从不延期也不提前，无论走多远，它都会在这一天到来，告诉我生命又走过了三百六十五天。生日，是一个令人敬畏的日子，它虽然属于我，但它的意义属于妈妈；生日，是一个特别温暖的日子，从妈妈手里传递到伊人，两个漂亮的女人，把这一天变成了我永恒的记载。

感谢给予我生命的父母，感谢给予我阳光、雨露与陪伴的亲人、朋友。

我心安宁，情愫简单，生活纯粹。

这一天，我希望阳光是明媚的，风儿是柔软的，空气是清新的。我希望这一天是美好的，希望从这一天开始，我心中有一米阳光的芬芳，能为我所爱的人、祝福我的人，带去温暖，带去美好。

这一天，我感到快乐、幸福，也有些傲娇。因为我成为生活的中心，我感觉到自己在静好中的极大存在，我感觉到简单的自己从未被遗忘，在安宁中，还有很多牵挂。

这一天，是我生命的轮回。

轮回中，时光痕迹渐渐行至发梢，驻上容颜。但我渴望永远热泪盈眶的年轻，我坚定而执着地告诉自己，生命正青春，我正值大美年华。

轮回中，往事如风，文字如烟，我在心中记载下无数的美丽。虽然时光脚步必然会留下一些感伤，我的文字也依稀可见对岁月的忧郁和纠结，但更多的是青春韶华、风花雪月和不灭的情怀。

我告诉自己，要永远地爱着你，因为你就是我的曾经，有你，我就能找到自己，就能找到记忆。我也告诉自己，要永远地爱自己，因为只有这样，你才能永远地爱着我，我也才能永远地呵护你。

年轮和岁月，让我对生命有了许多感悟，我的生命也因此有了许多磨砺。这些变化，让心变得更加温暖充盈，让我变得更加坚强坦荡，说得更准确一些，是变得更加简单纯粹，而其他的都不重要。

心，只有简单了才能容纳更大的世界，只有纯粹了才能找到真正的美好。

心驻美好，心纳世界，心路就会通畅，就会通向远方，就会轻松抵达世界任何的风景，看见所有的美好。

人的一生，最大的悲哀不是你千辛万苦抵达终点，却没有风景；而是风景明明在身边，你却看不见、看不懂。

眼睛是心灵的窗户，心灵干净，风景随处在。世界是心灵的镜子，岁月静好、世界安宁的本质是心中有风景。

亲爱的，谢谢你。有你，就有风景。我们约定，约定彼此要好好的，岁岁年年。

亲爱的，你就是我心灵深处那道最美的风景。

这些年的这一天，我总是心怀感动。

虽然生活简朴，但我总想把这一天过得有质感、过得实在。

儿时的这一天，妈妈会为我煮个鸡蛋，还会煮碗香喷喷的面条，鸡蛋与面条朴实无华，但我觉得特别香。

少时的这一天，我会穿上新缝的衣裳，新衣裳很简单，甚至有皱褶，但我觉得特别漂亮，特别得意。

青春时的这一天，我收到了许多你与她（他）的礼物，小小的生日贺卡上写满了清纯浪漫，写满了飞一样的时光。

在异乡的这一天，来自身边与遥远的祝福，让我的天空绚丽多彩。在家的这一天，伊人会在我睁开眼睛的第一时间，简单而甜美地说："老公，生日快乐。"我觉得，那是最动听、最温暖、最有诗意的天籁……

夜阑无眠，引笔铺纸，独自灯下，以墨记忆，点点滴滴地想你。

这一天我被你想起，一声生日快乐，就是你想起我时最美的语言。无论我走多久，走多远，在哪里，这一天，这一刻，你的祝福，我都照单全收，然后刻录到我的下一个三百六十五天。

我醉了，醉在了正月初九这一天。是告别昨日的沉醉，是再次遇见你和祝福的陶醉。

遇见你，我就遇见了青春，遇见了远方。

遇见你，我就遇见了温暖，遇见了今生。

遇见你，我就遇见了阳光，遇见了自己……

2019 年 2 月 13 日
广州

Happy Spring Festival

送走匆匆的一年

让我们再说一声，晚安

过去的，终将成为亲切的怀念

迎来崭新的一年

让我们互道一声，早安

此刻的，是新年第一天的祈愿

日子，在这一刻闲适了，妻儿家人，幸福地坐在家中庭院。

捣水投饵，看鱼儿欢腾；翻书写字，让书香沁心。一张方桌，四把藤椅，几枝含苞欲放的海棠，就是一个温馨的家。

沏杯刚从蒙顶山捎回的飘雪，水清色美，甘甜清香，茉莉花瓣，飘在盏中，犹如片片雪。冬茶暖香，在茶杯的开合之间飘逸，心境变得悠然。

孩子和爱人，也享受着这刻的美好。

打开搁置了三年多的音响，音乐在家里回荡，音质美妙，清越干净，在安宁的清晨，在温馨的家中，声声悠扬。

我的心，在这一刻，升腾起无数不能言表的感动和感谢。

Darling，向你道一声早安，Happy Spring Festival！

世界热腾，尤其是新春佳节。

但过去的一年，行路匆忙，走了太长的路，去了太多的地方，此刻格外地喜欢这份静闲。静，是一种气质，也是一种涵养，"山中习静观朝槿，松下清斋折露葵"。这时节，喧嚣成了城市生活的必然，唯有闹中自静、闹中习静，才能在纷扰中淡泊明志，宁静致远。

苏东坡说："无事此静坐，一日当两日。"此刻时光，慢下来，静思默想，如诗流淌，心静如水，心境如镜。

有了这份安宁，我接受了过去一年的遗憾，放下了顾虑，从容面对和接纳新的挑战，譬如此刻的行业"非瘟"和人间疫情。

生活就是这样，不断地发生着变化、充满着变数，但这又有什么呢？我们只能去迎接和珍惜这些经历，让自己的天空不留雾霾，做到如此，阳光就会如期洒落到世界。就这样随意地想，用一杯清新的茶，用几行细腻的文字，与新年第一天来一场美妙的约会。

这几天，成都很奇妙，每天晚上总淅淅沥沥地下雨，清晨时分就戛然而止。一觉醒来，浅软的阳光涌进庭院，涌进窗，涌进眼，突然发现，这座城市原来有着如此令人心动的静美。新年的早晨，沁人心脾。

Darling，向你道一声早安，新年好！

我们一生会遇见无数人。这种遇见，无时无刻不存在，有根本无法去熟悉的，例如熙攘的人流、拥挤的码头；也有或多或少交流几句的，例如偶遇的同排乘客、来去的顾客；也有多年共处过的，例如同学同窗、同事同僚……在某时某刻，我们曾经很近，甚至有交集，但后来发现，我们如一张画，各自生活在不同的涂层，各自涂着不同的颜色，只是在每一特定或不特定的空间里，走到了一起。

我说，这是存在，不是遇见。存在，终无关；遇见，定生缘。存在，是陌生的来去，终无痕迹；遇见，就会隽永，成为故事，甚至影响你的一生。

Darling，你就是我在人海中的遇见，所以，向你道一声早安。

心，敞开
就会长满丰沛的水草
眼睛，打开
就会涌进多彩的阳光

新年第一天
空气、心情、日子，都是新的
一切词语都是多余的
早安，就是诗篇

昨日，收到了 2020 年第一条春节祝福，我知道那是你发的。我知道那是遥远的你、亲爱的你、弥足珍贵的你，也是久未见面的你，你说"新年好"。

已亥年的最后一天里，你想起了我，所以，Darling，谢谢你。你知道吗？这三个字，很简单，但我格外喜欢，它让我懂得了挂念，也给了我很多怀念。

成年以后
我们最大的默契，是不再主动，也不再联系
偶尔惦记
也害怕主动

你，害怕无话可说
我，也害怕打扰你
虽然我们都害怕因为时间让彼此陌生
可是，我们慢慢地真的已找不到话题

Darling，你的这首诗，我认真地读了几遍，甚至流了泪。诗不算美，但很深刻，我读着，有些痛，但因为是新年，我把它放在了书房的抽屉里。记得前几年，我曾经写过如下一段文字：

北方很空旷，火车无尽地飞驰着，车窗外，是一望无垠的雪，它静静地覆盖着大地，它覆盖着的，是三十五万平方公里的东北大平原呀！但我看不到大地的辽阔，我只看到了无垠的雪。

那一刻，我不停地拍照，准备发给你，你说过喜欢雪。可翻了很久，也没有找到你的微信，突然想起，我们已经好多年没有联系，不知道你是否还喜欢雪。

冬有冬的来意，春有春的花期。

如果，这不是新年的第一天，在这样宁静的、阳光和煦的早晨，哪怕只有这一杯茶，我也可以写下许多很长的诗句，尤其是在想起你的时刻。

但此刻，Darling，我只想道一句早安，Happy Spring Festival！

不想读书
也不想写诗
那就光喝茶，慢慢地想

如果想你
却不想说话
那就望天空，或望远方

深入思绪

展开羽翼，便是八千里路云和月

黄昏之处是家乡

想念的人

像神祇一样走来

道一声，早安

2020 年 1 月 24 日

成都

早安，正月初九

推开玻璃窗，春风十里，带着温润和桃花馨香，拂过脸，涌进窗，我与春风，笑如桃花。天边的朝阳，撞碎东方的天幕，喷薄而出，射出万道光芒，宛若脸庞，青春灿烂，我与朝阳，互道早安。

这一天，正月初九，这一刻，天地安宁。

我为朝阳打开窗，朝阳为我溢满旭日的霞辉，彼此亲昵，美好交融。朝霞映红了我的脸庞，映红了房间的每个角落，但我不恰当地想起了梁实秋的《梦后》。

吾爱啊
你怎又推荐那孤单的枕儿
伴着我眠，偎着我的脸
醒后的悲哀啊
梦里的甜蜜啊

但我告诉自己，一定要把独自在广州的今天过得精美、过得快乐，于是，我与自己打上招呼：Hi, morning, happy birthday!

前几天，离家到广州，出门时，爱人如往常一样，为我整理好衣领，把准备好的行李递给我，反复叮嘱，一个人在外，要照顾好自己。爱人没有送我，她对身边的儿子说："孩子，送送你爸。"

我必须好好的，只有懂得爱自己的人，才会真正地懂得去爱他人，包括家人和所有想爱的人。爱，是自由的；但爱自己，是不能任性的，因为它是一份深厚的责任。

孩子拖着行李箱，送别的路程很短，不到一里路，但我叮嘱了孩子很多话，孩子也仿佛说了很多次"爸，你要照顾好自个哦"。

在地铁口，孩子一直不舍离去。我知道，孩子长大了，懂事了，开始心疼他的爸爸了。但那一刻，我也意识到，或许是孩子感觉到他的爸爸开始老了。

我不愿送人，亦不愿人送我。对于自己真正舍不得离开的人，离别的一刹那像是开刀，凡是开刀的场合照例是应该先用麻醉剂，使病人在迷蒙中度过那场痛苦，所以离别的苦痛最好避免。一个朋友说："你走，我不送你，你来，无论多大风多大雨，我要去接你。"我最赏识那种心情。

随着年龄的增长，我渐渐懂得了梁实秋《送行》里的这段语句，其中的情感，有很多也是我与爱人的生活写照。

海子说："我本是农家子弟，我本应该成为迷雾退去的河岸上年轻的乡村教师。"我常以此对照，我也本该是小桥人家古道岸上的教师，可我却选择了常年的南北走马生活，而且自己偏又善感念旧。

生日，是一面时光镜，它记录了我们的容颜，年复一年。

年少时，每次生日都很精彩，总觉得有很多成长的收获，盘点总结，洋洋洒洒。更少时，甚至算着日子，渴望着生日到来。但过着过着，生日就淡了，总结的话，也少了。再往后，一旦老了，就是他人算着日子，来为你过生日，可到那时，寿星都是伪主角，怎么过，全不由自己。

我也如此，年少时，特别喜欢过生日，因为生日那天怎么犯错都不会被爸妈责怪，反而有蛋炒饭等好吃的，甚至还有新衣服。哪怕成年后，我也喜欢过生日，因为我觉得这一天是属于母亲的，它能让我感受到母亲的慈爱和家庭的温暖，我愿意用隆重的仪式来表达对母亲的爱。

但这几年的生日都过得安静，或许是由于工作，也或许是由于我意识到这一天是属于生命的礼赞，是母亲生命的表达，是几十年前父亲和母亲最庄重的纪念日，我要认真而安静地思考，我的母亲需要我如何为她谱写生命的美丽，我的家人需要我如何谱写生活的乐章。

海子的《生日颂》，虽然其中关于"我是谁，从哪里来，到哪里去"的灵魂思考，我的观点与之不一，但其中的句子，我愿意去深刻理解。

在生日里我们要歌唱母亲
她们把我们领到这个不幸的人世
在这个世界上　只有她们　无限地热爱着我们
因为我们是她的一部分
…………
母亲是一个伟大的名字
母亲是我诗歌中唯一的主人

每次生日，我都会花精力去做点什么，且是浓浓的心思。儿时为之快乐，少时为之浪漫，与爱人一起时为之幸福，随着孩子成长，开始为之思索。

前几天，新年聚会，孩子的干妈说："特羡慕我的亲家母，因为曹亲家每年都把她的生日过得很有意义，很有情调。"谢谢孩子的干妈，但我之所以愿意把爱人的生日过得有意义，也包括自己的生日，是想在还能自己做主的年龄里，以生日之名，来感恩给予我生命的母亲，给予我温暖的家人，给予我关爱的朋友，与之一起快乐，留下美好的记忆。

> 远方，除了遥远，一无所有。
> 我这永久的悔就是：不该离开家乡，离开母亲。

这两句不是我能写出的，我没有这样的高度，它们分别是海子和季羡林先生的名句。我把这两句串在一起，是因为它们的意思相通。

一个人，离开了家乡，离开了母亲，再怎么成功，早晚也会感到失败，再怎么充实，早晚也会感到失落。一个人，无论拥有什么地位，都比不上待在母亲的身边踏实，待在家里温暖，能在家，还有母亲，才是最美的幸福。

当我懂得生日是母亲生命的符号时，我也终于读懂了大文豪老舍在《我的母亲》一文中所说的"母亲并不识字，她给我的是生命的教育"的深刻含义。

想起这些句子，晨曦春风里，我湿了眼眶。

今年春节，贾玲和《你好，李焕英》火了，准确地讲，是母女情火了。

> 打我有记忆起，妈妈就是个中年妇女的样子。所以我总忘记，妈妈曾经也是个花季少女。

片尾这句，瞬间就戳中了我的泪点。但我们谁又能如电影里的贾玲，穿越现实，回到母亲的花季年华，去了解、去热爱少女时代的母亲呢？

想到这，突然想起儿子站在地铁口久久不舍离去的情景，它让我想起了我的爱人。我们在彼此最美的年华里相遇相爱，她和我一样，也在轮回的生日里走进了中年。但我们的孩子，他并没有见过妈妈的最美花季，又怎么会懂呢？

多年后，我的孩子也一定会在他的某个生日里作如此思考，这也是一个父亲在生日里的灵魂提问。

我在与许多朋友交流时问过一句话：是否有个人，你从未见过她，她也从未见过你，但她已经爱你很久，等你很久，你也着急想见到她，无论她是否美丽，无论你是否善良，你们都会彼此爱上一辈子？

Hi，morning，happy birthday！我再次轻轻地问候自己。

几十年前的此刻，我哭着来到这个世界，那哭声，一定是我今生最大的动静，但我坚信，那一刻的我，眼角一定没有泪水，因为那是我一生最幸福的时刻。那一刻，母亲一定在身边，她一定是看着我哭，却不停地笑，那是一位母亲以生命诠释的幸福。我也坚信，那时还有一位父亲，他也一定是看着我哭，也不停地笑。

父母的笑，是子女最大的幸福，没有一个孩子，不为父母能一生地笑而努力前进着。

手机"嘀"的一声，闪入了爱人的微信：帅哥，happy birthday！

接着，电话铃声响起，闪烁起母亲的电话号码……

2021 年 2 月 20 日
广州

将暮未暮的夕阳

周六，下班后，一人独在二十楼。

一座城市，转瞬间剩下一个自己，独听窗风，独伴夕阳。是在等待一个人，还是在等待一种感觉？经年的笔，写着流年，好多文字都是不懂的红尘，喜欢冥思的少年，站在窗前，一片素心坦然。

我想在此刻抵达你的城市，如海子说："我祈望，在某个风光明媚的街角，我遇见你，然后遇见我自己。"

静伫窗前，轻触时光。

窗外，夕阳如金，晚霞如血，如殷红的诗，穿透我的思绪，映红我的容颜。时光清浅，嫣然如花，我喜欢这将暮未暮的夕阳，温柔以待，不慌不乱。

细梳陈年殇，悠然看过往，时光最深处的感叹，依旧是这一轮天边的夕阳，这触手可及的温暖。

夕阳西下，是想你的时刻，对着你城市的方向，我说"想你了"，不知道你是否听得见，如果风没捎到，我就用笔尖写下想你的语言。

有些想，若天边的云，时隐时现；有些念，若夜的露珠，清凉恬静。这份难得的时光，甚是美妙，却如指尖流沙，很容易握不住水木年华，成为凋落的烟花。时间煮雨，流年缓缓，容颜在夕阳里，染了霜。

这时光，是否会锁住婉转的心事和消瘦的记忆，时光悄然，想念也有些俏皮，不经意地涌上心头。抬头，拾一片西边云彩，低头，藏一抹夕阳思绪，在文字里相遇，心若有岸，时光就会有渡口。你是否把时光绘成了画卷，带着它在渡口等我？

夕阳鸿影，茫茫烟尘，就这样轻易地使流年斑驳，美好岁月都会藏下一些遗憾。时光，轻易地转动了年华，也生成了秋意。

天边，一片金黄，远山，夕阳渐隐，仿佛在讲述过往的故事，也或许在等待一个久违的人。这些日子，匆忙得遗忘了许多，譬如在很长一段日子里忘了看晚霞。但她还是那样的温柔，看着她，我还是一如既往地喜欢，这种喜欢油然升腾，按捺不住。

夕阳如诗，软软地铺满天际，也软软地落到心坎，嗅着时光之味，心生香郁，仿佛盛开着一朵纯美的花。若懂，夕阳就是遇见，就是最美的年华。

浅握这一指光阴，独自思量夕阳风景，轻捻一纸书签，写上流年思绪。夕阳，从叶间穿过，斑驳了影子。金黄的大地，如诗人的脸，突然好想故乡，这抹阳光是否就是我心爱的姑娘？

时间能踏碎青春，改变容颜。可是，时间却消融不了珍藏在心底的想念，哪怕再忙，也会在某个路口，把你想起。就如此刻，我紧锁忧愁，却锁不住我的笔，一笔一画地写下你的名字和想念的话语。

在不同的城市间来往，城接城的日出黄昏，从未驻足，错过了许多擦肩与回眸，错过了许多遇见与风景，也忘了带你去爬山看日出，去踩水走黄昏。

转眼间，季节走过春夏，此刻的窗前风景，也只是转瞬。容颜虽老，但依旧如初的灿烂。时光的站台，人来人往，可不知从何时起，竟然再也没有带着你。此刻，迎着窗风，秋凉拂面，我听到风的叹息，有些孤单失落。

抖落凡尘，夕阳落下，夜色把繁华淹没，时间这把刀，雕空了我的思想，磨平了我的棱角，额头被刻上痕，这是时光的痕，只有起点，没有终点。

　　夕阳无限好，光阴几何长，几朝青山在，几度夕阳红。时光停在了掌心，你依然紧握吗？陌上时光，晨起夕落，红尘烟火，花开花落，青春是否还会等君回？夕阳已落，手捧夜露的女子是否会缓缓归分，是否还会缱绻缠绵，是否也被岁月斑驳了情愁？

　　席慕蓉说："原来岁月并不是真的逝去，它只是从我们的眼前消失，却转过来躲在我们的心里，然后再慢慢地来改变我们的容貌。"所以，夕阳窗前，想起你，我多了伤感，我的心有些空荡。每天夜里，我都要把偌大房间里的每一盏灯点亮，因为那一刻，我总是体味到日落后的孤独和薄凉，不悲不喜，不惊不扰，风起听风，月落听禅，都是寂寥。

　　时光成风，文字成行，淡泊坦然，只为人生途中多添一些想你的温暖。

　　"我有一个梦，遇见你，有纤风，还有夕阳。"想起你这如诗的话语，我感到美滋滋的，想起了当初，我说一定要带着你去看夕阳，去守天边黄昏。

　　最美的风景，不是相逢，而是遇见；最深的感情，不是诗意，而是懂得；最真的想念，不是地老天荒，而是在夕阳后，依然守望着遥远的天际。

　　此刻，时光清浅，秋意阑珊，夕阳穿过玻璃墙，把我照到墙上，斑驳成一道余晖，不知这道影，是我还是夕阳。

2018 年 10 月 13 日
广州

天涯月明

海上生明月，天涯共此时。

明月几时有，把酒问青天。

吟诗中秋，在我看来，最美的就数张九龄和苏轼这两句。

每年此刻，无论何人何地，总会在轻风淡月中，泛起轻轻愁，哪怕在家中，天伦融融，也会感叹这美妙的时光太少。

今年的中秋，比往年来得早。

这几天，从广州到东北，再到山东，酷热一路相伴，时光抓着季节的脚步，不愿离去，把夏天的温度牢牢紧锁，如果不是陆续收到中秋祝福和一盒盒月饼，这时节真的很难让人想起中秋，尤其是忙碌的今年。

或许上天动了情，清晨一场小雨，让临沂城添了几分凉爽。风轻夜凉，星夜无尘，皓月铺城，剔透皎洁，现代化的城市犹如天上宫阙，倒映在沂河里，流光闪烁，如诗如画。

此刻，正中秋。

沂河两岸，人潮涌动。

但今夜，少了喧哗，所有眼睛都安静地望着月亮。是的，这样的时分，所有美妙用眼睛去饱览就足够了。如闭上眼，用心触摸，或许更妙。城市与夜空倒映在沂河里，一条河装下了天阙和人间，装下了所有中秋的风景。

此刻，天上月亮，人间月亮，异城月亮，家乡月亮，都是诗人的月亮。

正如陶渊明的诗句"春秋多佳日，登高赋新诗"，中秋以月之圆，衬人之团圆，以月之美，寄人之乡愁，少了清明的哀思，少了端午的追思，多了美好与诗意。

因为工作的关系，我很早就离开了家乡，虽然每年也回去待上几天，但已有三十多年没在家乡过中秋节，每当月圆，总有些责怪自己。

过去，时间很慢，车慢信也慢。每到中秋，外出的人要花很长的时间准备，然后千里迢迢，花上几天行程才能回到家中过节。如果不回家，要提前好几天，花很长很多的情感，认认真真地写一些信，到邮局寄给老家的父母，远方的亲人、同学和好友。

那时，写信很用心，字体与笔迹都体现着真切，每一封信都深情饱满，写完之后，还要读上好几遍，总害怕表达不够。选信封，填写邮政编码和收信人地址，张贴每一张邮票，都是使着劲地花心思。

总怕寄晚了，思念的人不能在节前收到，不能与他们一起分享自己的浓情祝福。寄出之后，总等待着回信，尤其是在节日里，更是给了我无限美好的憧憬。收到来信，喜悦的心情不可言传；读信时，见字如面，心跳加快，也总湿了眼眶，每封信都是一段记忆。今天，如果你的书柜里还保存着往日的信件，一定是你弥足珍贵的收藏。

但读信的美好，再也回不来了。如今的我们，只会在固定的某个时间点，收到如潮的微信，瞬间涌进，少了等待，少了美。每年我还是会坚持写几封信，那是在我深深想念的时候。

常有人问：曹总，你老家哪里？

我回答：我的家乡在川东。生我养我的地方，我称家乡的时候多一些。儿时，家乡不富裕，更没有月饼，我第一次吃月饼，已是接近二十岁读大学时。家乡的中秋与端午一样，节日食品是油桐叶泡粑，但中秋更丰盛些，因为已经秋收，能吃上炒花生、新大米饭，如果有客人来，还能做豆腐，那便是很丰盛的一餐。所以，小时候的我更喜欢过中秋节。

这几十年，与家人身处各地，每年中秋，也能明月共此时，天上月也能年年圆，但心中的月亮万千不同，每年的心境也完全不一样。

水满则溢，月满则亏，圆也美，缺也美。中秋之月，本来就是在述说人间的聚散，中秋之美，全是心境之美。

"中庭地白树栖鸦，冷露无声湿桂花。今夜月明人尽望，不知秋思落谁家。"庭院深深，鸦雀无声，秋露初来，桂花却暖，月明人远，喧嚣顿消，没有躁动，没有荒芜，一切都是清爽微凉、空旷明洁、思远情长，诗人们的中秋，孤单但不孤独。

关于中秋的心境，《红楼梦》的开篇有段描述令我记忆深刻。

贾雨村，相貌魁伟，气度不凡，赴京赶考，但身无盘缠，苟存葫芦庙，卖字求生，时至中秋，情绪低落，瞥见丫鬟，也生非非，便对月感怀"未卜三生愿，频添一段愁。闷来时敛额，行去几回头"，觉得还不够，又吟"玉在匮中求善价，钗于奁内待时飞"。

同来饮酒赏月的甄士隐赞说"雨村兄真抱负不浅也"。贾雨村心境瞬间大好，又吟出"时逢三五便团圆，满把晴光护玉栏。天上一轮才捧出，人间万姓仰头看"的中秋佳作，后"会了进士"，平步青云。

脂砚斋批注，诗非本旨，却点明《红楼梦》因中秋诗起，用中秋诗收，一个中秋节，成了《红楼梦》全书结构的关键。

中秋，是一年时光的分割。今夜，你的城市，我的中秋，无论是否明月当空，心境都如浩瀚的海，生明月，共此时。

写到这，中秋夜已过，此刻，已是八月十六的深夜两点。

2019 年 9 月 14 日

临沂

灯下等你

飞往广州的航班晚点了。每年夏季飞往广州，不时会遇上航班晚点，我早已习惯了。

机场休息室，环境很好，也有免费的饭菜和小点心，品种与味道都不错。但这样的地方，是没有谁会留恋的，所谓的休息，都是无奈的被动的。机场是独特的地方，在这里休息，总有些独特的情绪。

休息室很空荡，寥寥的几个人。打开电脑，敲打键盘，写点文字。这样的时刻，看书或写文字，或许是对时间最好的交代。

一个人航行

可以去很远的地方

也可以飞往不同的天空

但不知道为何

我总是选择这条线路

并不停地折返

就如心里的那些往返

一个人航行

也可以停下来不走

就如此刻机场

就如每天守在家的那个她一般

家与她

就是坐标

就是遥远的期待

每个人都有一个家，都有一个依赖、依靠、依恋的人。

诗人说，你是否在红尘深处，深深地等待过一个人？

等待是一道风景。风景里的两人，彼此懂得，彼此珍惜，彼此心疼，互相体贴着对方，互相珍惜着对方，无论风雨，无论多么遥远，他或她都在另外一个城市等待。

因为你的迟到，让他不安，你的未来，让他慌张。

人们所谓的幸福，有许多都是这等待中的美好感觉。

有的人幸运些，没有等待太久，在时光中的一刹那，在行走匆匆的路口，在彼此微微一笑之间，一切来得刚刚好，然后就是倾国倾城的喜欢，就是满满幸福的一生。

有的人遗憾些，一直在等待，却一直没有出现。

有的人遇见了，却错过了；有的人遇见了，却仅仅是遇见了，所有的期盼，所有的想念，都被自己掩藏在擦肩的路口，都被自己潜藏在疼痛的心口，藏了一辈子。

有的人遇见了，明知不会有结局，也如飞蛾扑火，或许许多人觉得不值得，但飞蛾难道不知道会痛、会死去吗？可它依然选择向火而去。

有的人遇见了，却没有珍惜……

所有人都不知道这份遇见于他人的意义，只有自己才懂得等待中的渴望有多深重。万里之远，千年之长，也在所不惜。

刻骨铭心的等待，刹那间惊鸿的遇见，其意义只有自己懂。

每个人都深深地爱着一个人。但没有一位情感大师可以真正懂得他人内心深处的情感，也没有一个人可以真正懂得他人的那份幸福。

春风十里都不如你，都不如被等待着的一个微笑。

2019 年 6 月 25 日

杭州萧山机场

第二编 憩 息

某时某地

小憩而息

或走在某条大街小巷

或栖在拐角处的咖啡窗

枕月听风

细数微澜

一盏清茶就是诗人的

一池思量

一池清凉

我来过你的城市

你说
好久，没来看你
好久，没有消息

其实，我来过你的城市
在我想你的时候

想起你的时候
是在漫长的海岸线上，在长长的铁轨上
窗外蒙蒙细雨
雨水打在车窗
淌成一条斜斜的线
好像一张忧郁的脸
那刻，我打开思绪
想着你的城市

其实，我来过你的城市
在我想你的时候

想起你的时候

是在北方的偏僻小镇，在旅社窗前
窗外荒芜冰冷
夜空挂着淡月
小镇铺满白雪和白月光，冷冷孤寂
好像忧愁的眼睛
那刻，我装满思愁
望向你的城市

其实，我来过你的城市
在我想你的时候

想起你的时候
是在江南的丁香花季，我打开车窗
窗外淡淡芳香
春雨落在花上
大地落满花瓣
好像忧伤的心
那刻，我写下思念
寄给你的城市

你说
城市变了
你也老了

其实，我来过你的城市
在我想你想到无法自已的时候

我走过曾经的路

走过曾经的街

街道没有了喧哗

小巷没有了挂满丁香的窗

城市不再是往日模样

再也走不完你走的路

再也走不完你的城市

其实，我来过你的城市

在我想你想到无法自已的时候

我伫在曾经的路口

在那拐角的咖啡屋门前

好想有人寒暄

好想有人聊天

站了好久

等到天空下起雨

直到我的脸如雨水涟漪

其实，我来过你的城市

在我想你想到无法自已的时候

雨打着单薄的衣裳

打着孤独的行囊

烟雨迷蒙了双眼，迷蒙了你的城市

你的名字，劫走了我的过去

你的故事，留下了我的记忆

推开渡口那家旅社的窗
听见有人在欢笑，有人在哭泣

其实，我来过你的城市
走过曾经的路

那天
天空下着记忆中的雨
只是没有告诉你

2019 年 5 月 28 日
重庆

我想念我

天亮之前
站在楼台
街灯阑珊，星光闪烁
看着镜子里没有睡足的眼
抹着疲倦的脸
追着城市的时间
等着黎明的太阳
问梦想还有多远
向自己道声早安

摇下车窗
不知为何，在风里湿了眼眶
忽然好想你
想你的温柔，想你的脸庞
好想与你相见
想与你
沉浸在午后，沉浸在从前

一辆车，一条路
就是我此刻的世界
掩着黎明的夜色渐渐消散

遥远的天边渐渐吐白
拖着行囊，站在候机楼
看着翱翔蓝天的大鸟
心中歌唱着青春，一路向前

但，最终
我还是想见你
见到你我才会感觉见到了自己
见到你我才会读懂泰戈尔的诗

我只想知道
当所有的一切都消逝时
是什么在你内心，支撑着你
愿我看到真实的你
愿你触摸到真实的自己

不再去想
为什么我会行走在太阳前面
为什么自己会一直告知自己
尽管走下去，不必逗留
因为在这一路上，花自然会开放
只是因为梦想
只是因为从前
只是因为我不想敷衍从前和梦想
此刻
我想见你，我想念我

2020 年 9 月 14 日

广州白云机场

窗 外

牵着马

解开衣裳，撒开心扉

一个蹚水

一个舔草

逍遥自在，没有羁绊

初生春水

透亮清澈

不顾风

不顾雨

自由牧野，自在沐风

幕与晓

诗与远方

在天蓝之间，做不做选择

都不重要

…………

疫情下的紧闭，把日子拉得漫长，漫长得感到自己忘了昼夜交替，忘了冬春已轮回。

窗外，社区高音喇叭每天传着高分贝的打油诗：

只要还有一粒米，不往人多地方挤；只要还有一根葱，不往菜场里面冲；只要还有一口气，待在家里守阵地……

一遍，两遍，三遍……由大笑到沉默，其面部变化，不是因为肌肉，不是因为天气，更不是因为笑点，而是心情有了变化。

风景全在窗外，而心情全聚在了厅堂，一张桌椅就成了天地；一台电脑一个微信，就成了全世界；邮件、视频，成了全部的工作方式。眼睛开始有了倦意，身体也仿佛有了发霉的味道。

如果不是茶，如果不是书，如果不是阳台与窗，我或许已经疯了，但回归清醒，我知道，这是心境还没调整到位的表现，走南闯北，在职场奋斗多年的我，本应该沉得住气。

此刻，我深深地怀念窗外时光，向往窗外已经来临的春天，怀念和向往让我按捺不住。

我怀念的时光

全都在窗外

我与时光之隔

只有一面玻璃、一扇窗

但它是挣扎的彷徨

是一面厚厚的墙

我向往的春天

也都在窗外

我与春天之隔

只有一缕阳光、一阵风

但它是思想的食粮

是一行长长的念想

"人在有闲的时候，才最像是一个人。"我突然读懂了梁实秋《闲暇处才是生活》里的这句话，也读懂了顾城《一代人》中"黑夜给了我黑色的眼睛，我却用它寻找光明"的诗句。

过去多年，一直闯南走北，密集穿行于各个城市，不是参会就是开会，不是工作就是劳作。

此刻，紧闭在楼宇里，才发觉世界少了我，照旧春暖花开，我于世界，只是可有可无的尘埃。我笑与不笑，于世界都不重要，它照样阴晴冷暖。

"手脚相当闲，头脑才能相当地忙起来。"这是梁实秋《闲暇处才是生活》里的一句话。营销人常说"时间就是金钱""时间就是生命"。虽然我也认同，但还是有些保留。

新冠肺炎疫情使我们的行动被限制，在"手脚相当闲"的日子里，我的头脑如梁实秋所言一样忙了起来，我领悟到，哪怕不因疫情，我们所处的社会和时代也在快速变化，我们的生活和工作方式也在深刻地发生变化，我从事多年的农牧营销又怎么可能置身其外呢？但怎么变？梁实秋说，头脑要相当地忙起来。

于是，我领悟到了"时间就是生命"的含义。梁实秋在《谈时间》中写道："有命斯有财，命之不存，财于何有？要钱不要命者，固然实繁有徒，但是舍财不舍命，仍然是较聪明的办法。"这不正是其注释吗？

逝者如斯夫，不舍昼夜。

时间于每一个人，都不可能留住片刻。但一盏茶，一本书，一位老先生的一句话，让我明白，虽然留不住时间，却可以留下时光的记忆。

窗外，冬天已过，春水初生，春林初盛，春风十里，虽然我们只能隔窗而望，但只要留住生命，哪怕错过此时此景，也能感受到"疏与香风会，细将泉影移。此中人到少，开尽几人知"的晚春之妙和"接天莲叶无穷碧，映日荷花别样红"的夏荷之幽。

此时，我安然于书房，安然地撕着日历，微笑地告诉自己，告诉家人，过去的这一天，我一切安好。

日历慢慢变薄，意味着疫情将离我越来越远，我也将走出窗外，走进春天。

合上书，推开窗，走到阳台。

一轮明月挂天涯，明净而皎洁。我用平静的心情，写下平静的文字，静候人间四月，静待一树花开。

夜
一片静谧
容得下任何灵魂
人倚栏
月栖水
心皈依

如志摩的诗
最是那一低头的温柔
像一朵水莲花不胜凉风的娇羞
道一声珍重
道一声珍重
那一声珍重里有蜜甜的忧愁——
沙扬娜拉

亲爱的，晚安，明天见。

2020 年 2 月 6 日
广州

小时光

办公到中午。

因为新冠肺炎疫情，没有同事再来问："曹总，一起吃饭不？"各自都戴着口罩，小心翼翼地各自安好。

园区里的十多家餐厅也都没开，哪怕开了，我也不能确定自己敢不敢去。前几天，壮着胆到超市里买了些自热米饭，配上老家的腐乳和麻辣萝卜丝，味道真不错。

这份美味，有妈妈的味道，有爱人的味道，也有亲自下厨的味道。美味，不只与味道有关，还与心境有关。

长时间戴口罩，眼睛被呼出的热气熏得迷糊，本就近视，对着电脑屏幕，有些难受。于是，趁这午餐时刻，放松一下，享受静谧的时光。

静谧，一半属于生活，一半属于心情。一颗心，如果明媚，烟雨也剔透；心中有雨，哪怕沐浴在阳光中，也会嗅到霉味。

每个人的每一天，都有时光的两岸，行走的自己，不渴望时光不老，只安静地刻录自己。此刻，笔尖划过光阴，我用一行行文字记录心情，把每一份欢喜都镌刻在时光里。

如此，岁月静好，现世安稳。

我把这样的时刻，定义为小时光。

说小，是因为短，在办公室里，只有这午后的一刻，阳光煦煦，春风柔柔，同事们都在餐后小憩。这是难得的清闲时光，彼此都懂，谁也不扰。

因为小，所以慢慢地品，慢慢地过，时光慢下来，人也会变得踏实从容。

小时光，很文艺。

我不介意自己热泪盈眶，我愿意把自己的情愫定格在这些不多的时刻，做真正的自己。

此生清澈明朗
做愿做的事
爱愿爱的人

小时光真正的美好，是让每一个人，在平凡的一天里，无论繁与杂，均不留痕，拥一颗澄净的心，做一个简单的人。

小时光，几道小菜，一杯小酒，岂不美哉！就如此刻，一盒自热米饭，竟让我幸福满满。信手拈来几段文字，写风，写雨，写阳光，写雨露，无拘无束，时间流沙，拈一段，就是一片沙滩。

小时光，在恰好的时间，做合适的事。

抓紧这午后清闲，关上门窗，隔绝声响，修篱插柳，或听心音，或折信笺，文字生香，光阴清宁。

这份清宁，全是从时光深处溜出来的想与念，如风铃般清脆，如风信子般轻盈，我甚是欢喜。这份清宁，没有薄凉，只有感动和温暖。这么多年，我一直拒绝"薄凉"一词，离它远远的，害怕一不小心，就凉了文字，我喜欢来自阳光的温暖，喜欢为你写诗的温馨。

时光，因为旖旎而丰腴，因为旖旎而温婉。在这样的时光里，我放飞自己，在微雨红尘处想你、等你。

儿时，我经常扯着妈妈的衣襟，跟着妈妈，在碾米磨前屁颠屁颠地转，转着转着，我就长大了。少年时，我和发小光着脚丫，在冬水田里踩稀泥，捉泥鳅，捉着捉着，我们成了小泥猴。每当下课，哪怕十分钟，我与同伴也要满山奔跑，上课铃一响，像猴群一样跑回教室。青年时，每个周末，我都要带着锅碗瓢盆、小酒小菜，外出游玩。站在小丘上，激扬文字，抒怀人生，书写诗与远方。后来，我遇到了她，成了家，拥有了无数精致的时光，花鸟庭院，案几厅堂，灯下书房，伊人厨房，插花弄草，写字作文，妻儿笑语，书声如歌……

　　这些都是我生命中不可忘怀的小时光。时光会慢慢地改变我的容颜，但它绝没有离去，它一直栖在我的心上，无论何时何地，只要轻碰一下，轻唤一声，它就会出现。

　　曾读过一篇文章，里面说道："你看这字里行间，年复一年，春光不必趁早，冬霜不会迟到，相聚相离，都是刚刚好。"

　　是的，如果你是有心人，生活总会这样适逢其会，不长不短，不负春天，不负生活，不负自己，一切刚刚好。

　　写着写着，传来下午上班的音乐。

　　抬头望向窗外，不觉间已下起了小雨。

2020 年 2 月 12 日
广州

某城书吧

某晚，某城。

劳作一天，把酒言欢。推却了朋友们出去逛逛和唱唱的邀请，一个人到深秋的夜里走走，吹吹凉风。

小街深处，昏黄灯下，竟然有一书吧，走进去，格调有致，书香淡淡，曲子轻扬。此时人不多，各自寻上几册，再点上些茶水和点心，坐在吧桌前，安静地看着。

书吧，舒缓闲适。

脚步轻轻，在书架前，走走站站，不强求刻意，随心随意拿上两本，要杯绿茶，找个位子就开始阅读，这份感觉，很是轻松。

读书，是随便读，或深细读，都无所谓，这个时刻，能在灯下看书，心境已十分美妙。

书吧周遭很安静，许多被流年遗落的时光，正从文字深处蹑手蹑脚地走来，在纸墨书香之间慢慢还原。于是，有些尘封的往事，被文字慢慢打开。

轻轻思，静静想，岁月静好，时光安详，读着文字，我仿佛看到了时光的影子，听到了时光的呼吸。

这份美妙，是生活和心绪的诗意交流。

杨绛先生说，读书是为了遇见更好的自己。

我很喜欢这句话。文字呆板地刻印于纸上，却如闪烁在纸上的精灵。于是，我们发现，自己原来是可以因真善美而动情的，是可以为了梦想而变得勇敢的。于是，我们发现，我们遇见了真实的自己，遇见了更好的自己。在读书间，我们找到了生活与现实彼此通达的路径。

几页素笺，几行文字，就过滤了灰暗，绽放了微笑，我们的心也变得澄澈。

我也想说，读书能让我们遇见更好的世界。

无论我们走过多少地方，相比世界本身，都微不足道。童年时，小山沟就是世界，每天都望着大山，向往山外的世界，感觉山外的世界像梦一样神秘。那时，我对每本书都很渴求，因为书能把我带到山外，去遇见想象中的美好。但那时，因为贫穷，书太少。

这些年，我去过很多地方，但我的世界反而越来越小，因为心中的向往更加辽阔，于是更加热爱读书。而书中的文字，也打开了我心灵的窗户，无尽的、明媚的、纯净的阳光涌进来，使我的眼睛更加明亮，如此，我遇见了更大的世界。

这些年行走各地，虽然多以机场、车站或酒店为中心，但都会花点时间到访一些有书的地方，小到书摊书店，大到书院书城。这样，就会如此刻，在异乡城市，也可栖息于书香之中，心归云水，不问红尘，在文字中，来一场遇见，于读书中，遇见更多美好与感动，《诗经》中的，《红楼梦》中的，《平凡的世界》中的……

所有遇见都不刻意深刻，一切安然流淌，寂静美好。因为遇见，文字添上了春暖花开的芬芳，升起了月华水幕的美丽。

生活与人生，因为遇见而如诗如画。

遇见种种，我偏爱在书中邂逅，在文字中去遇见世界与远方，去规避纷扰，一行浅语也嫣然，一行安宁也潋滟。就如此刻此城的书吧，时光轻轻，思绪悠悠，一切安然静好。

我把岁月的故事当成一枚种子，安放于书中，不被岁月渲染，也不常去挂牵，但闲适时，随手一翻，就如邂逅。

有人问：这样快乐吗？我总是笑着说：快不快乐取决于各自心境。

于千万人之中遇见你所要遇见的人，于千万年之中，时间的无涯的荒野里，没有早一步，也没有晚一步，刚巧赶上了，那也没有别的话可说，惟有轻轻地问一声："噢，你也在这里吗？"

突然，想起了张爱玲散文《爱》中的这句话。如果此刻有人问"噢，你也在这里吗"，该是多么美妙的场景。

看看手表，时间已晚，书吧里也只剩下两三人。合上书本，放回书架，与老板相视一笑，走出了书吧。

2019 年 10 月 12 日
济宁

第二编 憩息 ◇

推开三月的门

盼望着，盼望着，东风来了，春天的脚步近了。

一切都像刚睡醒的样子，欣欣然张开了眼。山朗润起来了，水涨起来了，太阳的脸红起来了。

推开窗，三月来了。

三月，从头到脚都是新的，像小姑娘般花枝招展地笑着向我走来。春天来了，我用春天的语言朗读着朱自清的《春》。

经过两个月的洗尘，三月的第一天，天空湛蓝无云，阳光明媚，格外明亮，十里春风，无比清新。

坐在十八楼的露台上，煮茶看书，开眼闭目，全是三月的味道。

无春香不来，无书不生香。

茶、书、露台和春光，就是我的一屋一世界。

因为疫情，在被限制的环境里待了很久，三月的第一天，恰好周末，春光无限，但我并不想去户外，只想待在这把竹椅上看书，让时光慢下来。

有了茶与书的陪伴，便不去想远方，不去羡慕面朝大海，春暖花开，此刻于我，刚刚好。

每岁开时，必为置酒。

这是苏东坡侍花的虔诚。推开三月的门，飘来一阵花香，馈赠我满室芬芳。心境美好，凡事都美好，哪里都是风景。

广州的三月，很舒坦，不冷不热，不再厚衣裹身，随意着装，一件薄衫就够了，身心很舒畅，不青春也时尚。

二月雨水，所有生命迫不及待地萌动，野草遍地，枯枝披绿。

三月惊蛰，春雷惊虫，百花吐蕊，大地新绿片片，天空浅云淡淡。

待到春分，昼夜平均，阳光明媚，桃红柳绿，播种耕作，所有新老生命，在三月里都生机盎然。

春暖花开，朝花夕拾。推开春天的门，播下生命的种子。"等闲识得春风面，万紫千红总是春。"我突然思考起与春天有关又无关的"生命"的话题。

何为人生？就是人的生命。何为生命？就是还生活着。但我们大可不必以春天的自然现象去扰乱心境。生活就该如春天，安宁自闲，尽自花开。

春水渡傍渡，夕阳山外山。

吟边思小范，共把此诗看。

感觉身体有些凉了，抬头看，夕阳已西下，"有意送春归，无计留春住"，三月的第一天，就这样过去了。

楼外春光满城，春花芬芳，且将新火煮新茶，诗酒趁年华，不再为人生或生命而纠结，说几句，便停下，好好享受这美好时光。

想起汪国真的《三月》，追慕时的自己，正如此刻春光，青春芳华。再次品读，依然有那时的味道。

你还没有来

思念就已经发亮

我有一个蒲公英的梦

在时光的背后隐藏

想吗

真想

春天的柳絮

纷纷扬扬

但那不是轻狂

雨很甜

云很秀

风很香

哦，三月

三月深处

是淋湿了的故乡

2020 年 3 月 1 日

广州

煮茶温时光

成都，好冷。

朋友问：有多冷？

我说：冷得身体都萎缩了。

成都

来了一场与季节的革命

苍老的树抽搐着双肩

抖落了一地的叶

秋天

就这样成了绝唱

到书房，煮茶，看书，听音乐，身体累了，就到花园看看雾，看看树，看池中小鱼，看笼中小鸟。

看雾的流动，听城的呼吸，心也慢慢变得温婉。

舒缓的音乐，一遍一遍。

在书架上随手一取，把读过的书再读一遍。不同年纪、不同季节、不同心境，读书的感受也不一样。多年前作为书签的花瓣还夹在书页之间，只是不再鲜艳，但它珍藏了许多回忆和时光的足迹。墨香花香，浅浅淡淡，很契合这样随心的时光。我把新买的《生命是最好的奢侈品》和《林徽因传》放在书架上，等待着某天再来取读。

在书房里细读光阴，不念过去，不思将来，点点轮转，把一切流年都安顿在此刻的"小确幸"中。

人生，除了工作，一定要有爱好。尤其是在充满挑战的快节奏时代，爱好是极好的心灵伴侣。我没有太多的爱好，但品茶、读书、听音乐，一直深爱着。

这些爱好，陪我走过了无数异乡的孤独夜晚，也陪我静享了许多成功的喜悦；这份爱好，使繁杂变得简单，使沉重变得轻松，使孤单变成守候，使思念变成文字，也使生活变成诗行，一切因此而倍感温暖。

我极爱绿茶。

无论在成都还是在广州，或者早些年在东北，家里冰箱全是绿茶。每年清明前，无论在哪，我都会抽时间回趟成都，到多年前认识的老茶坊处买些手工茶。

明前茶在柔和的阳光中发芽，被昼温夜凉的温差刺激，被冰凉的夜露和蒙蒙的春雨滋润，它色泽翠绿，叶质柔软，脉络细密，香淡味醇，色浅气悠，汤清微黄，却持久回甘。

家乡的明前茶最爱川西蒙顶山。宋代诗人范祖禹的《寄名山李著作》说蒙顶山"漏天常泄雨，蒙顶半藏山"，雾多云多雨多，终年烟雨蒙蒙，非常适合茶树生长。清代文学家王士祯的《陇蜀余闻》说蒙顶明前茶从唐至清，岁岁入宫，年年进贡。扬子江中水，蒙顶山上茶，唐宋时期，蒙顶甘露曾是天下第一茶号。

老茶坊就在蒙顶山的半山腰。

我喜欢手工茶的程度，已经接近于嗜好。

每次喝着，我都闻到了家乡泥土的气息。无论何时何地，每喝一口，总有感动，我深深地喜欢、迷恋这份感觉。

很多人担心夜晚喝茶会兴奋得睡不着。而我每晚都会沏两杯茶，一杯在晚上八点左右，这杯茶伴我总结一天的工作，明晰第二天的计划；第二杯在晚上十点左右，这一刻我属于我自己，这杯茶给我温情和安宁。因为心尘皈依，我的睡眠安然恬静。

老茶坊在山林农舍，很不起眼，已经认识了十五六年。

每年初春，老夫妻都会打来电话，问我今年要多少，什么时候去，告诉我大概什么时间是最好的时节。虽然很忙，但每年我都会前往，偶尔也约上几位好友一起前往，既可在山林舒缓一天，也可敞开思想自由交流。其中，也有一份是对老夫妻的念想，我的坚持或多或少与这有些关系。

我没有太多要花销的地方，所以在茶上的这份嗜好便稍微奢侈了一点。其实，老茶坊的茶并不昂贵，而是珍贵，对我这位老顾客来说，更是实惠。

老茶坊的手工茶是老夫妻祖上留下的手艺。

老夫妻说，坚持做茶不全为钱，更为对得起祖上。老夫妻总说，孩子们不愿学这行，都到城里了，但他俩不反对，说哪一天干不动了就不做了。老夫妻每次说到这，我的心都有些酸楚，但酸楚里有很多感动。

老茶坊明前手工茶，尽摘嫩芽，每芽一叶，每次一小捧，放在两百度左右的铁锅里，用双手翻炒，几分钟就捞净、抖散完毕。接着，在近八十度的锅温里，交替不断地抖、炒、揉，不到十分钟，条索快速成型，揉捻完成。然后，锅温降到五十度左右，不断搓团抖散，慢慢地，茶叶就似螺曲卷，茸毛显露，满芽显毫。最后，起锅摊放在桑皮纸上，用文火烘焙六七分钟，手工甘露就完成了。

每当那时，老夫妻总会露出满足的微笑，不断地说："不错，非常不错。"那一刻，我也露出了微笑并表示谢意。我一年的茶，在那一刻圆满完成。

这些天，冷得身体都僵硬了，一拿起书就止不住对茶的欲望。

这样的冷天，喝点普洱或红茶，对身体更滋润一些。

打开茶封，嗅吸一下，放了多年的普洱，茶香虽很清淡，但十分通透，烧壶井水，掰下几颗，慢慢洗尘，细致冲泡，倒入新买的龙泉青瓷，慢慢地品，甚是美妙。

普洱，滋阴润肠，活血暖身，寒冷时节，它是茶道首选。从三国时期的"武侯遗种"到《红楼梦》中的"女儿茶"，历经了好几千年，沉淀下了非凡的气质。

喝陈年普洱，读经典文字，心温体暖。

时间在书房里缓缓行走，无尘无垢，褪尽繁华，洗净虚妄，脱离惊扰与浊物，生活从忙碌和束缚中解脱出来，满室清香。

陈年普洱，汤色红润，虽有微微涩，却在咽喉处快速回甘，点滴之间，散发着饱经雨露、阳光孕育的稳重。

好酒定有好水。茶也如此，好茶必定有独到的土壤、光照、湿度、温度、气候的条件。

绿茶之中，西湖龙井、黄山毛峰、信阳毛尖、安吉白茶、太湖碧螺春、庐山云雾、六安瓜片、黄山太平猴魁、峨眉竹叶青等佳品，都出自好山好水。普洱也同样如此，来自北回归线，温度均衡，雨水充沛，日照充足，地势起伏，这是万物共生的欢腾之地。

地处澜沧江之畔的思茅市，因茶易名，成了普洱市。一道茶，生了一座城，万茶之中，唯有普洱。

就这样，翻书品茶，生活静谧，岁月美好。

对于我这样常年在外奔波的人而言，书是生命的旅行，茶是生活的情愫。一本书、一壶茶，心灵便宁静致远，思绪便诗意淡泊。

读书，是生命的过程。品茶，也是生命的过程。

2019 年 11 月 22 日

成都家中

小憩时光

三月，春天的季节。

春天，以诗意和阳光，给人芳香与烂漫。春天，仿佛是诗与时光的遇见，也仿佛是诗与思绪的遇见。午后时分，经历了几小时的工作，躯干和眼睛都有了些疲倦，于是走出办公区，到楼下园区走走。

广州的三月甚是美妙，高高的棕榈树，高大挺拔，木棉花、紫荆花、郁金香，簇拥开放。阳光正好，风儿正好，既春意盎然，也温润宜人。

行至小竹林，找家地道的小面馆，寻把藤椅坐下，说着粤式普通话的小姑娘端来一碗热腾腾的面汤，散发着麦香，美美地喝一口，清淡甜润。点碗重庆小面，叫上几碟小菜，匆忙的时光，在这一刻舒缓了下来。

吃完小面，索性坐会儿，沐浴在这午后的阳光中，细读这季节的空灵。

这样的时刻，其实读书、聊天更好。

这份美好，是心灵与时光的遇见，不需要计划，更不需要设计，就在某一霎，就如此刻，悄悄到来，让人欢喜。

这些年，没太多爱好，就喜欢茶与书。许多经典与句子，很难在平日想起，却不知为何，每每这闲时，它们便如清泉汩汩而出，潺潺而来，来得随意简单，完全不期而遇。或许，这就是所谓冥冥之中的时刻，这就是记忆与心情的契合。

此刻，如果有书，有你在，该多好。

人生，总有无数这样的时刻，期望遇见某些人，发生某些事。或许这份期望一生都难以实现，但我依然乐此不疲。我总告诉自己不要刻意，一切随缘。

某时某刻，心底升腾起这种对遇见的渴望，其实就是心灵对时光的向往，或是对过往的眷念，这向往与眷念都自然而然，随遇而安。

也许，人生一次遇见就足矣。

遇见人海，就遇见了爱情；

遇见古巷，就遇见了情愁；

遇见风月，就遇见了风流；

遇见阳光，就遇见了梦想；

遇见大海，就遇见了宽容；

遇见流星，就遇见了期许……

或许只是因为持续的紧张，从新年的第一天起，我就盘点着过去一年的得失，整理规划，冥思初心，聚焦目标，脚步一直匆碌，生活久不安宁。

我很想删繁就简，梦归来路，擦亮双眼，点亮心灵。不慌不忙，不争不抢，花开花落，云卷云舒，就如此刻，在大自然里找处角落，随性而坐，远离纷扰。

可这样的时刻实在太少，目标与征程把时间都掏空了。所以，这刻，我要好好地写下这油然而生的诗意，写下这清闲时光不期而遇的美丽。或许，这才是生活应有的态度；或许，这才是生活需要的质感。

沐浴春风，鸟语花香，想如蝉衣，念若琉璃，多年不再的记忆、多年未读的文字，在此刻不约而至，一瞬间填满了我的思绪。

掸去尘埃，抚平褶皱，不起眼的角落，不经意的时刻，却让我如此欢愉。

时光不语，光阴无痕，但此刻的三月，将我零碎的思绪串成了想念，让我不舍离去。

遇见三月
就遇见了阳光

遇见三月
就遇见了春风

遇见三月
就遇见了有你的诗与远方

"帅哥，餐还用吗，可以收拾了吗？"

面馆小姑娘调皮地问着我，把我从美妙的遐思中揪回了现实，放飞的思绪戛然而止。

"早就不吃了，我一直在等着你来收，帮你看着餐具呢。"

我也调皮一下，小姑娘笑了，我也笑了。然后，起身，向着办公楼走去。

2019 年 3 月 19 日
广州

以文围城　向阳而生

第三编 记 忆

这些年

有没有人告诉你

我来过你的城市

在那一条街，走过了曾经的路

在邮局前的石阶上，写了信件

可记忆中的地址早已改变

再也没有人，与当年写诗的少年寒暄

记得第一次相见

那天，烟雨绵绵

那　时

那时
太阳很大
像青春的脸
每天很早就爬上山冈
向着大地和天空微笑
红彤彤的灿烂

那时
天空很大
大山就是天边
星星月亮，白云彩霞，银河宇宙
在大山顶上
也是少年不止的视线

那时
月亮很亮
弯的时候，像一条船
装着童年
圆的时候，像一双眼
充满梦幻

那时
世界不大
玩泥巴，捉迷藏
金色的太阳，黝黑的脸
把月亮装进水桶，乐呵呵地挑回了家
满山子蹿，也没走出爸妈的一声喊

那时
心很简单
什么都喜欢
但最喜欢胸前鲜艳的红领巾
每天映着少年的脸
陪着少年，一年一年

那时
时间很慢
慢得把一颗流星等到了天明
慢得把一朵花儿守到了凋谢
爸妈说：孩子，你怎么啦
少年说：想要去山外世界

多年以后
少年懂了世界
河的尽头还是河
山的外面还是山
太阳和月亮回家的路，还是那么的遥远

多年以后
轻狂的少年老了
心和眼睛也小了
只剩巴掌大的天
和一桩那时的心愿

2020 年 6 月 1 日
广州

不负曾经

我打江南走过
那等在季节里的容颜如莲花的开落

东风不来，三月的柳絮不飞
你底心如小小的寂寞的城
恰若青石的街道向晚
跫音不响，三月的春帷不揭
你底心是小小的窗扉紧掩

杭州到沈阳，不到三小时，两座城就连上了。

一座在江南，春风十里，江水已暖，燕子斜飞，心旷神怡，一切静静的，一个足音都没有，春天就来了；一座在北方，大地苍茫，冰河交融，时若秋瑟，皮骨俱凉，在北国的沈阳，春色仍在帷幕里，紧紧地关着，春天的脚步，还很长，很长。

跑完步，回到房间，明媚的阳光拥满一屋，身体一下就暖了，但脸上的肌肤，瞬间被北方干燥的空气强烈地撕裂着，如即将枯竭的土地，马上就要开裂。

虽然在沈阳生活过许多年，但一直没有习惯这种干燥。可是，我并不讨厌，我觉得它是这座城市于我独有的感受，这份感受虽不美妙却很亲切，我甚至觉得，它是这座城市的豪迈，有男人味。

那些年，每当这个季节，爱人总会给我买支润肤膏，每当出差，爱人也会放一支在我的行李箱里，此刻，历历在目，很是动容。

站在窗前，让阳光直射，穿透肌肤，融入骨子里，整个身体瞬间就灌满了能量，在南方不会有这种感受，那里的太阳，火热强烈，不敢直视。

站在窗前，整个沈阳城和整条浑河一览无余，此刻的我，如游子归来，仿佛在等人，也仿佛在怀念过去，时光就这样静止。万物消减，铅华洗尽，岁月就这样流逝，剩下流年，剩下留念。曾经熟悉的城市，曾经温暖的沈阳家，此刻，不可追，也无可追。

想着想着，就读起了开篇郑愁予的《错误》，几行句子，触动了我的思绪。在沈阳依旧寒冷的三月里，这几行诗，饱含着我对春天的向往、对这座城市曾经的记忆。或许，是我的心结偏移了，错读了郑先生的诗意。

人生，无论愿意与否，很多人一旦擦肩，便成"错误"。有时觉得这是遗憾，有时又觉得是一种美。

生活就是这样，许多美好注定会成为过往，偶尔会涌上心头。

我有些怀旧，对过往的人、事、物，无论多么细微，我都能如数家珍。前几年，发小们组织初中同学三十年聚会，哪怕几十年过去，我依然能说出每个同学的名字，谁是同桌的你，谁是同桌的她。

有人说，生活不只有眼前的苟且，还有诗与远方。我不太喜欢憧憬遥远的远方，也不觉得咫尺之地就是苟且，一书一茶，就是安宁而诗意的世界。诗与远方关系不大，在我的世界里，心就是诗，最美的风景不在远方，而是在有过往和情感的地方，那年那时。

此刻的沈阳，虽然有些冷，但它于我和妻儿，承载了太多过往和情感，有我们漂泊他乡的梦想，有出发，有归来，有等待，有相守。所以，在这座春天还未到来的城市里，我的心依然可以面朝大海，春暖花开。

我一直觉得，文字是有温度的，是有力量的，它可以将人与现实里的珍贵属性传递，让你我他感到美好，这种传递不需要太刻意，自然而然。

世界很大，也很小，从杭州到沈阳，从春到冬，从江南到北国，也不过三个小时。世界很大，岁月很长，但有时也会因为一张图片、几行文字而变小变短，使我从千里之外穿越到儿时之城，穿越到少年时。

人世烟火浩荡，总有些未曾荒芜的真挚情谊。南来北往，冬去春来，走过一座一座的城，有繁复惊扰，也有简约安宁，我早已随遇而安，随心而行。

高铁匆匆，车厢空空。

读完郑愁予《错误》的最后一句，清晨已经黄昏，沈阳已到唐山。

> 我达达的马蹄是美丽的错误
> 我不是归人，是个过客

2020 年 3 月 24 日
唐山

青春是一本太仓促的书

某日，某城，与朋友喝茶。

我喜欢安静，那份安静，浸着温婉，满满温馨。

但我不喜欢旅途中的安静，它多了孤单，有些无奈。所以，在他乡，我总爱约上朋友，喝茶聊天。

朋友说："这茶很好。"

我说："蒙顶山的明前茶，老茶坊一揉制出来，就给我邮寄到广州了。"

朋友说："出门在外，喝家乡茶是种享受。"

我说："出门在外，煮水泡茶，味道一出，十分温暖，再翻翻书，就不再孤单了，所以每次出行，我都带着茶。"

朋友说："你我都远离家乡，你全国行走，我定居一城，但你总能心境安宁，而我总觉得日子过得东拼西凑，虽在城市，却也寂寞。"

我说："寂寞如铁生锈，一旦生锈了就开始烂了。寂寞，是介于孤单和落寞之间的情绪，是长在心底的无奈，是想做事而无事可做，是想说话而无人可聊，是对憧憬缓慢的消损。"

朋友说："剑波，这是你喜欢茶和书的原因吗?"

我说："喝茶看书，让我安宁，扛住行走的寂寞。但真正喜欢茶和书之人，是因为懂得。"

朋友说："你一直未变。"

我说："世界上哪有那么多不变，很多东西都会改变，没有必要为了恪守而不去变，变其实是进步。但有的东西永远也不能改变，那就是心中的热爱。"

茶与书，是沁心之物，尤其是在家中，一张桌，一把椅，一呼一吸之间，身心就会静缓下来。品茶与读书，已成了我的习惯。

朋友说这习惯有品位。其实，它很简单，很朴素，不见得有何品位。如果书与茶都成了高贵之物，也就没什么品位了。

朋友问："为何？"

我说："不要太把读书当回事。读书之人很多，有的是为了增长才干，喜欢读有深度的书，他们的成长就像一本书；有的是为了陶冶情操，喜欢读语言优美的书，他们活得像一本书；有的人把读书当消遣，了解信息，长见识，明事理，和书在一起的人，不会叹息。"

朋友说："我都好多年没进过书店了。"

朋友笑了，我也笑了。

我的老家，在川东的一个坡上。

儿时的家乡，闭塞贫瘠，乡镇上连公路都没通，对大山外面世界的了解，都是听大人们讲的，或是从小人书上得知的。我的家，三间土木楼房，算是较好的人家。

儿时，农村很少有人家买得起书，集市上也没有书店。看小人书，要到街上书铺，每册两分钱，直到 20 世纪 80 年代初期才开始好了一些。

年轻时的妈妈，漂亮善良，爱讲故事，有《红岩》《林海雪原》《红楼梦》《小城春秋》《一千零一夜》《安娜·卡列尼娜》……

讲故事时，妈妈偶尔还会发糖果给小朋友。爸爸常说，你妈妈那个小商店就是这样垮的。

朋友说："剑波，你知道我为何羡慕你吗？"

我说："真不知道。"

朋友说："第一次到你家玩，看到你们兄弟竟然有书桌（其实就是一张破旧的八仙桌），还有书架，好多书我都没有听说过。"

那个年代，吃饭都成问题，许多家庭都是几个孩子挤在一张床上睡觉，书房（我家在大路边，常有人来玩，妈妈便把楼上的空房收拾出来给我们写作业）、书架、小说，就是一个梦想。

我说："其实，我们家也有很多辛酸。"

我懂得朋友的这份真挚。

我喜欢家中有书，受书香熏染，这的确与我儿时的家有很大关系。

其实，发现家有藏书，是1979年上小学二年级时，几个发小捉迷藏，在阁楼里发现两个布满灰尘的蜂桶，蜂桶是用竹篾编的，里面有很多书。

关于蜂桶还有一段来历。妈妈不爱吃肉，但特爱甜食。而那个年代，白糖和红蔗糖又稀缺。于是，爸爸就搞来了两桶蜂，养了几年。爸爸对妈妈的这份疼爱很深刻。

蜂桶里的书，很多是爸爸转业时带回来的，有各种版本的《毛泽东选集》，也有爸爸送妈妈的小说，还有一些是妈妈买的。到今天，爸爸还保存着几套珍稀的《毛泽东选集》，他说将来他不在了，作为人生最后的礼物送给我们三兄弟。

儿时，爸爸送过我一本高尔基的《母亲》，但我读不太懂。妈妈为我们订过《少年先锋报》，记忆最深的就是张海迪故事，我读懂了。

至于为什么把书放在蜂桶里收藏起来，爸妈从来没有说。但我知道，妈妈是看过的，不然她讲不出那么多的故事。我想，爸爸也是非常热爱书的，不然怎么会从吉林把上百斤的书带回老家？我不知道爸爸年轻时看过什么书，可他在六十多岁后，到县城里开了十多年的旧书铺，老人家或许在表达着什么。

爸爸原计划是去做教师，但因为一些插曲被搁置了，后来还被抄了家，藏在《毛泽东选集》中的存款单（爸爸的转业费和积蓄）也被抄走了，20世纪80年代政策调整后，有人建议去找政府，爸爸说不重要了。妈妈是释然的人，却常提起，或许那三百多元钱在当时的确不是小数，也或许是其中的委屈让她刻骨铭心。

我知道他们一定饱受了很大的苦难，但他们很坚强，否则我们家就垮了。

朋友说："我第一次听说这些。"

我说："后来，我们家还被迫卖了一间楼房。"

朋友说："可你爸妈很能干，几年后又修了几间。"

我说："其实，在我爸爸心里，修房只是想向一些人证明，他不会倒下，只要他在，我们家就会幸福。他从来没有把房屋当成财富，所以在他六十多岁时，他把所有的房子都卖了。"

其实，爸爸妈妈的故事，我也只是懂了一点点。

家中的书架也有一段故事。

我读初中时，有位老师和我妈妈特别要好，她送了妈妈一个书架，我们三兄弟各一格。后来，爸爸在重庆带了两捆竹棍回来，做成三个竹书架，我们三兄弟一人一个，开心极了，原来的书架物归原主，还给妈妈。

朋友说："这就是我羡慕你的原因。"

我说："其实，我爸爸倒腾那些旧书架，就是想告诉他的孩子，要想有出息，只有读书，所以他从不要求我们去干农活。"

朋友说："你爸爸也不干农活呀。"

我说："我妈妈不让他干。她的丈夫当过兵见过世面，他的世界不在农田里，她懂她丈夫。"

朋友说："你妈妈也不干农活呀。"

我说："我爸爸不让她干。我妈妈身体不好，我爸爸把家里的田地都给他人种了，让她只照顾我们读书。"

说完这些，我笑了，朋友也笑了。

写到这，无法继续，竟不知道这篇文章想要表达什么，取什么名。

想起家中书架上有本席慕蓉的书，书里有首题为《青春》的诗。

遂翻开那发黄的扉页

命运将它装订得极为拙劣

含着泪，我一读再读

却不得不承认

青春是一本太仓促的书

2020 年 4 月 21 日

广州

相　信

我常说："哪怕看到阴暗，依然相信美好。"

朋友问："为什么?"

我说："因为我渴望美好。"

朋友说："有点掩耳盗铃。"

我说："想要美好，就得先相信世界是美好的。"

某天，与朋友在码头，恰逢许多渔船满载而归。

朋友说："渔民们的收获好大。"

我说："可他们出发之前，并不知道鱼在哪里。"

朋友说："那他们为什么要出发呢?"

我说："因为他们相信大海。"

朋友看着我，好像有些迷惑。

我说："茫茫大海，无边无际，鱼在哪里谁又能清楚呢? 但渔民选择相信大海，因为相信，所以出发，正因为选择了出发，他们就有了机会，有了此刻的满载而归。"

朋友望着我，然后点了点头。

我说："许多人都知道大海有鱼，但只有出发的人，才会满载而归，收获的渔民，就是相信出发。但这还不是主要的。"

朋友惊讶地问："为什么?"

我说："满载而归的渔民，其实是相信自己。相信自己，才敢出发；相信大海，才愿出发；相信出发，才会出发。"

　　朋友沉默了，或许是在思考，也或许是被我绕昏了。一会儿，他笑着说："我怎么觉得你有点'孔夫子游学哲理'的派头呢？"

　　我笑着说："个人瞎编，绝无哲理。"

　　朋友，其实是我选择了相信你，才向你讲了这么多你所谓的哲理。因为我相信，你不会以为我是故作深沉。

　　曾有首歌，唱腔撕心裂肺，我并不喜欢，但其歌词很深沉。

　　也许迷途的惆怅会扯碎我的脚步

　　可我相信未来会给我一双梦想的翅膀

　　这几句我很喜欢，也偶尔默读，但不是为了励志，只是觉得，选择相信，能让自己的前方更加美好，充满力量。

　　写到这，想起了我曾经朗诵过的食指的《相信未来》：

　　当蜘蛛网无情地查封了我的炉台

　　当灰烬的余烟叹息着贫困的悲哀

　　我依然固执地铺平失望的灰烬

　　用美丽的雪花写下：相信未来

　　那时的我，年轻洒脱，正值青春年华，被笑称为诗人。

　　某天，某学姐问："诗人，你为什么如此相信生活、相信未来、相信世界？"

　　我之所以坚定地相信未来

　　是我相信未来人们的眼睛

　　她有拨开历史风尘的睫毛

　　她有看透岁月篇章的瞳孔

我很"有范儿"地朗诵了一段，由于含有"眼睛""睫毛""瞳孔"等词，便有了些情诗之感。她说："诗人，你是不是想找女朋友了哦？"

　　我说："你怎么理解的？这是诗，不是情话，是相信未来，不是相信情爱。"

　　她笑了，似乎仍未理解。

　　多少年后，我们偶然再见。

　　茶楼，一杯白水，一杯花茶，彼此寒暄。我们聊往昔和青春，聊人生和友谊，聊真诚和珍惜，这样的话题，同学之间，不能不真实。

　　她说："老同学，同学们私下都说你这样挺好。"

　　我问："怎么我就挺好了，大家不是都挺好吗？"

　　她说："常看你的文章，纯粹真实，而在其他地方，很多话自己都不相信，看到你还是你，也还原了我自己。"

　　我说："谢谢。"

　　分别时，她说："还能背《相信未来》吗？来一段，让我们再次选择青春、选择相信。"

　　　　不管人们对于我们腐烂的皮肉

　　　　那些迷途的惆怅、失败的痛苦

　　　　是寄予感动的热泪、深切的同情

　　　　还是给以轻蔑的微笑、辛辣的嘲讽

　　　　我坚信人们对于我们的脊骨

　　　　那无数次的探索、迷途、失败和成功

　　　　一定会给予热情、客观、公正的评定

　　　　是的，我焦急地等待着他们的评定

她有些迷惑，也有些崇敬，说："真好听，但当年不是这些呀。"

我说："你只记得当年我'想找女朋友'那一段。"

突然，她说："老同学，你能回答我一个问题吗？"

我说："啥问题？"

她说："年轻时，你说永远相信世界和美好，我们都以为你只是因诗而感慨，可这些年过去了，你依然如此，真实原因是什么？"

我看着她，没有说话。

她说："要真话。"

我说："因为我相信自己。"

写完以上，夜已很深。

十月的广州，深夜也有些凉，走到阳台，前几天的中秋月在今夜有了些弧度。

不知道，亲爱的同学是否相信我的问答，但我选择相信，因为相信是美好的。

2020 年 10 月 8 日
广州

音乐老师

在企业演唱会上，我被邀为嘉宾，演唱一首。

看着台下的俊男靓女，我觉得自己老了；听着青春的歌声，我想起了一段时光。

我出生在四川盆地大山脚下的一个小村庄，直到七岁时，家乡才通公路，我才第一次见到解放牌汽车。

我的小学在小山冈上，老师都是一些初中毕业的当地人，每位老师教一个年级，每个年级一个班，所有课程都教，会跳会跑的再教体育，声音条件好的再教音乐。

教音乐的女老师年纪很大，当时每次音乐课我都开小差。有次音乐课，我和几个调皮的同学偷偷玩纸牌，还被老师抓上教室讲台站了一堂课。

上初中时，有位五十多岁的老师，因为会拉二胡，便兼任音乐师，他教唱《红梅赞》《团结就是力量》《咱们工人有力量》等。

初二时，一对县城师范毕业的年轻夫妻调到了学校，男老师教语文，女老师教音乐，手风琴拉得非常动听。她教的歌曲有《在希望的田野上》《南泥湾》《浏阳河》《山丹丹花开红艳艳》等。

后来，女老师有宝宝了，男老师临时做了音乐老师。

男老师自由发挥，教一些很美的歌曲，如《军港的夜》《乡恋》《我的中国心》等。

男老师不会拉手风琴，风琴也弹得不怎么样，但我觉得男老师弹风琴的样子好潇洒，他的歌声好动听。男老师的歌声让校园一下子充满了活力，同学们整天都哼唱着这些清新的歌曲。

我的青春有了颜色，校园的时光充满芬芳，我喜欢上了歌唱。

我的家离学校不远。我的妈妈与那对年轻的老师夫妻非常要好，后来也成了他们孩子的干妈。

初三时，男老师常外出函授进修。女老师又做起了音乐老师，虽然女老师的声音专业，但她的音乐课总让同学们无精打采。上课时我总爱调皮捣蛋，女老师一气之下，把我调与一女生同桌，她的学习成绩很优秀，还总爱哼唱一些甜美的歌，如《妈妈的吻》《牧羊曲》《草原牧歌》。

辽阔草原，美丽山冈，青春牛羊

白云悠悠，彩虹灿烂，挂在蓝天上

有个少年，手拿皮鞭，站在草原上

轻轻哼着，草原牧歌，看护着牛和羊

年轻人哪，我想问一问

可否让我，可否让我，诉说衷肠

年轻人哪，希望我能够

和你一起，和你一起，看护牛和羊

由于爸爸常做点买卖，我家家境较好，在 20 世纪 80 年代初期，我家就购买了十四寸的电视机和双卡录放机。我跟着卡带学了一些流行歌曲，当时叫通俗歌曲。

有天中午课休，我坐在教室课桌上，大声唱着邓丽君的《我一见你就笑》。

我一见你就笑

你那翩翩风采太美妙

跟你在一起

永远没烦恼

究竟为了什么

我一见你就笑

因为我已爱上你

出乎你的预料

我唱得潇洒，同学们听得热闹。不知为何，身边的女生红了脸，放肆的同学们更加嬉闹。

不一会儿，女老师，也是我们的临时班主任，把我叫到办公室狠狠地批评了一顿。

晚上，妈妈语重心长地把我教育了一番。

1986年五四青年节，初三最后一学期。

男老师说："大家快要结束初中时光了，一起搞个联欢会。"

于是，大家把课桌围成一圈，教室中央就成了舞台，没有音响，没有灯光，没有鲜花，联欢会很简单，节目也很青涩，有成语接龙、击鼓传花、诗朗诵、唱歌等，但很热闹，大家都非常欢乐。

我清楚记得，在一段吆喝中，我走到教室中央，朗诵了一首诗。但同学们不尽兴，吆喝着："唱歌！唱歌！"有的甚至吆喝："唱《我一见你就笑》。"

我说："不唱了，唱了又要被批。"同学们说："今天联欢，没事。"鼓着掌大声齐整地吆喝着："来一首！来一首！"

你问我爱你有多深

我爱你有几分

我的情也真

我的爱也真

月亮代表我的心

轻轻的一个吻

已经打动我的心

我唱起了邓丽君的《月亮代表我的心》，这次我没有嬉皮笑脸，唱得很深情。同学们也没有嬉皮笑脸，听得很认真。

女生的脸红彤彤的。女老师虽然没有鼓掌，但这次没批评我。男老师说我唱得好，说青春就该这样，想唱就唱，唱出自己的热爱，唱出自己的梦想。说完，全班同学都噼里啪啦地鼓掌。

我站在教室中央，那一刻，我觉得青春好欢畅，自己好快乐。

后来，我上了高中、读了大学。音乐老师夫妇也调离了学校，再后来都转岗到了其他工作。三十二年后的 2018 年，我去看望当年的老师。

我说："我们去唱歌吧。"

酒吧里，我与男老师回忆当年时光，细数着同学们的名字，我与男老师不像师生，仿佛兄弟。其实，按辈分来讲，我与他们的女儿才是兄妹。

男老师说："你的歌，唱得很好。"

我说："是因为您，我才喜欢唱歌。"

我与男老师喝着酒，聊着天，听着女老师（我已经叫她师娘）的歌声。

师娘因为专业出身，声音依旧明亮婉转，她站在舞台中央，如明星一般。突然，酒吧响起了甜美而熟悉的歌声。

你问我爱你有多深

我爱你有几分

我的情也真

我的爱也真

月亮代表我的心

轻轻的一个吻

已经打动我的心

我与男老师停止了交流，安静地听着。

我的眼睛，在那一刻，有了些湿润。

2018 年 11 月 20 日
广州

爱　惜

爱惜，是一种生活态度，更是一种人生哲学。

孩提时，妈妈曾奖励我一个漂亮的铁制文具盒，我每次总是轻轻地打开，把铅笔、橡皮擦、三角尺、圆规摆得整整齐齐，然后轻轻扣上，一用就是小学五年。

这就是爱惜。

童年时，因为期末考试得了一百分，妈妈买了几尺"的确良"布料，为我缝了一套衣服，作为学习奖励和春节礼物。下雨天舍不得穿，过节舍不得穿，走亲戚也舍不得穿，每次一定要穿时，都得先洗个澡，穿上后把袖子与裤脚挽得整整齐齐。几年后，传给弟弟穿时，还是新新的。

这就是爱惜。

少年时，坐车进县城，突然觉得世界好大。城里的每幢楼、每条街、每条巷都吸引着我，让我无比憧憬，让我渴望去山外世界拥抱未来，眼睛痴迷地看着城里的每一道风景。直到今天，我每年都会回到古巷一次，每次都会在夜深人静的夜晚，或万籁俱寂的凌晨，一个人安静地走，品味那时的记忆。

这就是爱惜。

大学时，青春芳华，梦想飞扬，一本本精美的笔记本和一行行整齐的文字，记载着在美好年华阅读时的心情。太多终生难忘、终身受教的句子和文章，在这几十年里，依然一直令我感动。大学毕业后，无论置身何处，我都要为自己留一间书房，给自己和书独处的空间。

这就是爱惜。

懵懂时，在古巷，在雨中，在伞下，在最美的年华里遇见了你，遇见了最好的彼此。一个回眸、一张照片，就忆起了恍如隔世的时光。时常打开影册，时常回首往昔，然后在泪潮抵达眼眶的时刻，又轻轻地合上，告诉自己，要学会在忘记中去记忆，在记忆中去忘记。这段情愫，让自己尤为珍惜自己的伊人。

这就是爱惜。

后来，激流下海，想法简单，挣了一些钱，想回到老家县城买套房，心里向往每天坐着车往返于县城与学校的感觉，不想被禁锢在单位筒子楼里。在手握存款单的那一霎，我却对自己承诺，永远不要用这人生的第一张存款单。于是，我把它当成了人生的书签，珍藏了起来，每次翻出，细细品味，都为自己感动，感动自己在二十多年前还清贫时就坚守初心，淡泊金钱。

这就是爱惜。

后来，遇见了伊人，一眼便一生。恋爱时一个在北方，一个在西南，每每夜深人静的时刻，在月下，在灯下，写下对彼此的思念，书信南来北往，夜读有声，思念有痕。到今天，彼此还珍藏着当时的书信，信笺和文字都已经泛黄。结婚时的大红"囍"字，二十年后，已经褪色，虽然也曾搬过家，但它还贴在家中的寝室门上。我告诉自己，到孩子结婚时，再取下来装裱好，送给他和儿媳，一个"囍"字，是一个家的精神传承，传承着爱与和睦。

这就是爱惜。

后来，因为工作性质，我常年出差，常住酒店。酒店自助早餐，总有些人碟满碗满，结果满桌残余，极其浪费。我总提醒自己，适量就好。每每退房，也要把房间整理有序，再急也要花几分钟，绝不能像败军撤退，更不能像敌军扫荡，这既是尊重服务，也是尊重自己。

这种习惯也让自己的家干净有序。

这就是爱惜。

前天，飞往沈阳，中途上卫生间，最后一排，一个圆领 T 恤男，颈上戴着一根小拇指粗的金项链，捧着一本书，睡着了，书贴在肚腩，随着呼噜一起一伏。不小心绊醒了他，连忙说"真羡慕你，这么成功还读书"，他望着我，笑了。

我不知道，这是什么爱惜。我原本是想告诉自己一定要爱惜"读书人的样子"，也告诉他一定要爱惜"读书的样子"。

年少时，虽不懂爱惜，但一直爱惜着。爱惜心爱的礼物，爱惜妈妈的温暖，爱惜美好的向往，爱惜纯粹的初心，爱惜情愫和遇见。之所以爱惜，不是因为懂得，而是因为喜欢。这份爱惜，让内心平静，让时光舒缓，让心灵美好。

长大后，懂得了爱惜，是因为自我尊重与人生品位。美食往往与吃相联系在一起，美丽往往与自爱联系在一起，生活往往与优雅联系在一起，成功往往与自强联系在一起，气质往往与读书联系在一起。懂得了这种联系，就学会了爱惜；在生活中去践行，就是爱惜。

三十年后，同学们相约在一条溪水河边赤脚戏水，回归孩提，这是否就是对岁月与青春的爱惜……

2018 年 8 月 13 日
潍坊

一条流浪的狗

小区，晨跑。

清晨的空气，经过一夜的沉淀，很清爽。广州无秋，但气温在这个季节也很低了，风不停地吹。

风儿吹走了城市的热度和尘埃，天空湛蓝如洗，更透更远更清澈，城市有了凉意。

我喜欢这个季节的广州。

昨夜的风吹落了很多树叶。跑鞋与落叶摩擦，发出"沙沙"的响声，这种摩擦声，在宁静的清晨，十分动听。踏着落叶，身体与大地连接，心和落叶一样，找到了皈依。把心放空，一路奔跑，一路欣赏，心不蒙尘，悠然自在。

突然间，一条小狗"嗖"地蹿到我的跟前，东蹿西跳，然后"哧溜"地跑离我的视线。几秒之后，又欢腾地折返回来，一双大大圆圆的水汪汪的眼睛朝我望着。然后它在草坪上打滚，玩弄花草。

我没有多想，继续跑着，一圈，二圈，三圈……渐渐地，我发现小狗总是在我的不远处，一会儿前后，一会儿左右，虽在不停地自我游戏，但我一直没有离开它的视线。

我突然意识到，它或许是一条流浪狗，因为这时并没有其他行人。我放慢了脚步，回头看了一下它，小狗见我注意到它，欢快地跑向我。

我停下脚步，认真地看着它，它也停止了打滚，吐着小舌头，大口地喘着气，小肚子一鼓一鼓的，像小孩子一样乖乖地望着我。

小狗身体瘦瘦的，肚子瘪瘪的，一身灰黑的毛，脏脏的，乱乱的，浑身沾满了泥。

于是，我坚信它是一条流浪狗，或许是因为它"太土"，被主人抛弃了，也或许是因为它太调皮，迷失了路。我更坚信，它已离家很久，因为从它渴望有人关注它的那种努力程度可以看出，从它已经瘦弱的身体也可以看出。

诗人的心，很善良，也很脆弱。

但我没有养过狗，不是不喜欢，而是因为我放不下。提起狗，我想起了一段经历。

1988 年，我读高中，学校离家很远，要几个月才能回一次家，弟弟们也在外读书，爸爸常年在外做买卖，家里就剩妈妈一人，于是养了一条狗，取名佳家。

那年元旦回家，我也是第一次接触佳家，狗狗是很聪明的，它从妈妈的言语里就知道我也是家的主人，哪怕只有两天，它对我也很忠诚。

返校那天，要步行三十多里路，到一个叫"袁市"的镇上乘车。出发时，它一直跟着我，刚开始我还以为走一段路它就会回去，但后来觉得不对劲了，无论我怎么驱赶，它都不掉头，直到抵达车站，我上车离开后它才摇头摆尾地离开。

二十多天后，寒假回家，没看到它。

我问妈妈："佳家呢？"

妈妈说："不说佳家啦，不知道为什么，你走那天，它便没有落屋，直到第二天才一瘸一拐地回来，回来后就吃不下东西，没过几天鼻子就开始流脏东西，没几天就死了。"

我说："妈，您没有找医生来医呀？"

妈妈说："找了，医生说，医不了。"

我说："为什么呢？"

妈妈说:"医生说,佳家是被人打脑壳上了,医不了。"

我向妈妈讲了那天佳家送我的原委,我想,它一定是在回家的路上被"坏人"打了,它一定是又费了很大的周折才回到了家。那天,我说着说着就哭上了。

妈妈也哭了,说:"别看一条狗呀,也特别重感情。"

从那件事后,我就对自己说,这辈子不养狗,不是不爱,而是因为我不能照顾好它,我不敢保证一辈子不离开它,我害怕它被主人抛弃时那绝望的眼神,我的心承受不了那眼神。

想到这些,我再也不敢看它。

我继续跑,并试着跑到小区的其他地方。可是它仿佛跟定了我,仿佛与我有多么熟悉一般,它在我的前后左右不停地欢腾,在小草中翻滚,在花丛中捉迷藏,看见我没有跟上,就一个急刹车,一跳一跳地掉头,在我的裤腿边,翘着头,摇着尾巴。

一直到我跑完七八公里,它一步也未曾远离我。

我害怕了,我甚至都不敢结束锻炼,我害怕我的决定会辜负它一个小时的努力。

我知道,它的境遇一定很不快乐,但它懂得要用无尽的可爱来换取我对它的喜欢。

它或许知道自己是因为不够漂亮而被主人抛弃,但它不放弃,因为它渴望活下去,它甚至渴望与其他狗狗一样被宠爱。也许,昨夜的风让它干瘪弱小的身体变得冰凉,但当太阳升起,它就觉得有了希望。它选择永不停息地努力,因为它向往温暖。

我知道,它希望通过哪怕是小丑般的笑容,去遇见懂它的人,去遇见能把它留下的人,它知道,除了努力和微笑,它什么也没有。

可是,它错了。

它错看了我,我也是一个居无定所、常年流浪的营销人。可在那一刻,我不敢这样告诉它,我的心在它的面前懦弱了、颤抖了。

我噙着眼泪看着它，小狗一下子不再欢腾，很悲伤地看着我。或许，它看懂了我的眼神，它知道我要告诉它什么。

一阵风吹来，几片树叶落在我和小狗之间。蓦然间，我觉得，我与小狗和这树叶，都在生命之中流浪。

落叶皈依大地，化成泥。

我皈依家乡，终将化成一抔土。

可这小狗，它将皈依何处……

伫立在秋风中，望着秋的长空，我问大地，如哽如咽。

2019 年 12 月 2 日

广州华南碧桂园

素昧平生

七月十日，从长兴乘高铁到杭州，窗外飘着雨，风景甚美，心境甚好。

翻开《一生的故事》，笔调抒情，意境如诗，很有美感。上月出差，在北方的某书城看到了苏联作家康·帕乌斯托夫斯基的这套丛书，三十年前，我就曾读过他的《金蔷薇》，其中一些句子到今天还记得。

即使只有荒野的泥沼是你胜利的见证，那连它们都会百花繁衍，变得异常美丽——春天永远与你同在，只有春天，光荣属于胜利。

您要善于驾驭想象，使之用于人们的幸福，也用于自己的幸福，切不要用于悲哀。

我翻阅几页就停顿了，这些年读书大致都如此，总是读上几段就会放下想一会儿，很难一鼓作气读完，不是文字不美，而是习惯所致。

这种习惯并不好，但我很享受。我不喜欢强迫自己看书，哪怕非常优美的段落，我也不会拿笔画线突出，我觉得哪怕画上线，合上之后也会忘记。如果有所感触或喜欢，就合上想一会儿，让其扎进记忆，读一回，深刻一回。

书中有段故事，讲述了作家的童年。

小时候的康·帕乌斯托夫斯基非常向往大海，但从来没有见过。

某天，他在公园玩耍，一名海军士官从他身边走过，他把对大海的全部憧憬寄托到了这名士官身上，跟着他走了很长一段路。士官停下来，询问后知道了他的想法，为他买了一杯冰激凌，并从钱夹里拿出一张巡洋舰的照片。照片上有军舰和海洋，送给童年时的他，说："这是我的军舰，这就是大海。"

素昧平生的海军士官，影响了康·帕乌斯托夫斯基的一生。

一个成年人能善待一个根本不认识的孩子，且是非常认真地善待，包含理解和尊重，愿意停下脚步，去帮助一个孩子实现美好的想象，他的心灵深处一定蕴藏着质朴的善与美。

我必须为这名士官点赞，正如康·帕乌斯托夫斯基所说："诗意地理解生活，理解我们周围的一切，是我们从童年时代得到的最可贵的礼物……要善于驾驭想象，使之用于人们的幸福，也用于自己的幸福，切不要用于悲哀。"这名士官让少年的梦想变得美丽，让少年对春天满怀希望，他让我懂得，哪怕荒野泥沼，也有百花繁衍。

大学英语泛读课本中有篇文章，也令我很感动。

金鱼店里来了一个小孩，站在鱼缸旁，看了很久，然后对店主老爷爷说，想买那条最漂亮的金鱼。老爷爷问："宝贝，你有钱吗?"小孩子说："有呀!"于是从兜里掏出几枚贝壳，递给了老爷爷。老爷爷看着可爱的小孩笑了。小孩问："老爷爷，钱不够吗?"老爷爷说："够了，不需要这么多。"老爷爷还了两枚贝壳给小孩，小孩高兴地提着金鱼回家去了。

两则故事都很简单，但充满温暖，令人动容。

于是，我想起了时光里一些素昧平生的人，他们都曾经感动了我。

1987年冬季某天，学校放农忙假，让同学们回家协助父母干农活。想到回家，我就快乐无比，午休时收拾好行李，带到教室，下午最后一堂课毕，撒腿就跑。高中学校离家有六十多里路，步行需要六七个小时，再快也要深夜到家，但那时的自己根本不考虑这些。

在离家三十里路时，夜已漆黑，只剩下自己一个人。20 世纪 80 年代的农村，十一月的深夜，一个人的山路，寂静得可怕。某岔路口，看见远处有火把，便大声地喊，那是一对到乡镇上缴征购粮回家的夫妻，他们听到呼喊，便停下脚步等着我，问清情况后说："孩子，还有二十多里山路，这么黑，你咋走哟？"夫妻俩一问，我竟然掉下了眼泪。阿姨说："孩子，不然你到我家住一晚，明天再回去，我家就在附近，太晚了，不安全。"夫妻俩看我摇头，就问我附近是否有亲戚。那时年纪小，哪怕是亲戚也说不清名字，夫妻俩替我着想，最后说可能某某会是我姨妈家的亲戚，说有两三里路，送我去看看。

这些年，因为工作，我在异乡生活多年，但我的心始终温暖，因为曾有人在我心里埋下过善良的种子。

2003 年，我做营销的第一年，四月的某天，骑着摩托车在一个叫莲花坝的山沟里开发客户，突发急性肠炎，很快寒热交错，农户急忙把我送到村里的卫生站（一个小商店，顺便卖点药）。医生大姐很温暖，敲了几支葡萄糖和藿香正气液，连着药片喂我，把我扶到她家床上，用热毛巾为我敷肚子，看我实在不行，又找来面包车把我送到县医院，根据手机号码簿联系到我的家人。

当我从昏迷中醒来，才知道几个素昧平生的人为我做了很多令我感动的事。这些年，我从事营销，经历很多失败，但一直觉得营销不冷漠，很美好，也有诗与远方。素昧平生的人为我的营销种下了美好的种子。

想着想着，1993 年、1997 年的两个秋季和两本《新华字典》，也闪进了我的记忆。

1993 年秋季，正值大学期间，我到江津市永兴镇兽医站实习，那时我与同学们正青春，阳光空气雨露，小桥流水人家，一切如大山里成熟的橘子般甜蜜。某天，跟随兽医师傅，翻山越岭到某山顶人家，山顶人家养了头母猪，运气不好，生产时难产死了，找兽医来看看能否把猪仔救活，他们一家的收入都靠着这头母猪。那时候的养殖水平很低，怎么可能救得活呢？师傅说"莫得搞"，老实的夫妻眼眶里噙满了泪水，但也为远道而来的我们煮了面条，山里人善良，再苦也不亏礼节，那是我今生吃得最纠结的一碗面条。

不一会儿，孩子放学回来，满身稀泥浆，孩子妈问："咋的呢？"

孩子冻得打冷战，可怜兮兮地说："滑了一下，掉水田里啦。"

孩子爸看书包糊满了泥浆，泥浆把《新华字典》和课本都糊满了，说："你瞎呀，你崽子还读书不？"孩子爸骂着，满腔怒火，一脚踹了过去，孩子倒在地上哭了起来。

兽医师傅说："老哥，消消气，你这不对哈。"

孩子妈跑过来，护着孩子，流着眼泪说："他爹，猪死了，你咋拿孩子出气呢？"

孩子爸抽着闷烟，一声不吭。

如果能穿越时光，我一定要送他们一头母猪和饲料，教他们养猪的方法，但那时，我无能为力。实习结束，回到学校，到书店买了一本《新华字典》、一些笔记本和笔，邮寄到兽医站，托我实习时的师傅转送给山顶那家人的孩子。

1997 年，也是深秋季节，在成都的新津市，除了正常工作之外，我还为一些小饲料厂提供服务。有对夫妻租赁了市粮食局的饲料厂，我常在肉鸭饲料方面辅导他们。某天喝茶，他们玩麻将，我闲来无事，便替他们去走访用户，顺便收笔货款。我骑着车，边走边打听，找到了欠款人家。大嫂问明了我的来意，有礼数地说："小伙子，欠你们的钱，容我们一下，我家认账，老李回来就还，可以不？"

我说："大嫂，老李到哪里去了呢，他不养鸭子啦？"

大嫂说："他不是搞养殖的料，养啥都死，欠了账，不出去挣钱咋办嘛？他去西藏了，这不马上年底了吗，他也快回来了。"

我安慰着说："老李很能干的，搞养殖有时是需要一点运气。"

大嫂或许看我人不坏，也多说了几句："老李为了几个孩子，啥子都干，也很辛苦，我不怪他，我们家目前是困难点，但会好起来的。"大嫂通情达理，也很坚强，话里听得出她很爱自己的丈夫。说着说着，她掉下了眼泪。

　　大嫂的孩子放学了，姐姐领着弟弟妹妹回来，看着妈妈愁云般的面容，再看着陌生的我。我不但成了陌生之客，瞬间还成了坏蛋，破坏了他们家庭的美好。大嫂知礼数，说："叫叔叔。"三个孩子不情愿地叫着"叔叔好"。

　　大嫂说："小孩子不懂事，你别生气哈。"

　　过了一会儿，姐姐出来了，看着我说："叔叔，我爸爸欠你钱吗？我爸爸到西藏挣钱去了，我爸爸一定会还你的。"她一口一个"我爸爸"，让我产生了很多联想。

　　那一刻，我撒谎了，说："你爸爸不欠我钱，我是你爸爸的朋友，来看你们。"姐姐笑了，她的脸犹如乌云散去的澄净天空，犹如凝重湖面的涟漪荡漾，我看见大嫂也笑了。

　　姐姐说："妈，二弟班上的老师要求他们买《新华字典》。"

　　大嫂说："钱都没有，把二妹那本给他就是了。"

　　姐姐说："二妹那本都是我的，再说也坏了，况且二妹和我也还要用嘛。"

　　看着委屈的姐姐，我说："大嫂，老李托我带了钱回来。"说着从兜里掏出三张五十元人民币，塞到大嫂手里，大嫂不知所措，我说还有其他事，就离开了。

　　那一刻，我感受到这个素昧平生的家庭的善良，有妻子对丈夫的包容，也有孩子对父亲的爱，这份善良汇集成了一股家庭的力量，在我心里，它就是家的温暖，我不得去惊扰，更不敢去干扰，只能善待。正如那位海军士官一样，我们的心灵深处必须蕴藏着善和美。

　　素昧平生，或许就是存在于我们每个人心底的、本真的美与善。

　　这份本真，让我们在艰辛苦难中，在孤独无助中，甚至在丑陋和尔虞我诈之中，仍能相信美好，坚信希望，信任他人。路程很短，时光很快，许多美好就在匆匆的时光里一闪而过。

　　再读康·帕乌斯托夫斯基《金蔷薇》的两段文字，我对生活有了更多思考。

　　童年时代的太阳，要炽热得多，草要茂盛得多，雨要大得多，天空的颜色要深得多，而且觉得每个人都有趣极了。

　　诗意地理解生活，理解我们周围的一切，是我们从童年时代得到的最可贵的礼物。

2020 年 7 月 12 日
杭州

万水千山总是情

我曾经等过你
因为我也相信
你说的万水千山细水长流

午夜街头，吹着凉意的风，城市的夜，松弛而安宁。

临沂是一座美丽的城市，尤其是夜色，更是精致。斑斓灯火与夜空繁星，把长而宽的沂河和沭河打扮得美丽，可入诗入画。

繁华的城市，在午夜里渐渐有了睡意，沿着河岸行走，河水流淌和大地呼吸的声音，虽然细微，却清脆入耳，芦苇丛中的蛙虫，也安静入睡了。整座城市在忙碌一天之后，皈依安宁。

有段熟悉的歌声从空旷的远处传来，一个倩影独自出现在城市的灯火阑珊处。

歌声如泣如诉，打乱了这风含凉、星如雨的婉约，也打乱了我的安宁。

其实，不是歌声打乱了我，而是熟悉的歌词打乱了我。因为我们都曾经等过人，也曾经相信过歌词里所说的万水千山和细水长流。

所有的等待，不为拥抱，只为触摸梦中的指尖；所有相信，不为禅觉，只为贴着那人身上的温暖；所有心中的万水千山，只为途中与她相见。所有的细水长流，都是那人的气息。万水千山，就是一个人；细水长流，就是一段曾经。

"万水千山"这四个字，我幼小时就能读、能造句。但它第一次以情感的名义进入我的世界，是 1983 年的一部电视剧和一首歌，那部电视剧和那首歌都叫《万水千山总是情》。剧中的女主角是汪明荃，歌也是由她主唱。

当年，这首流行歌曲唱遍了每座城市的每个角落。电视剧讲述了庄梦蝶和阮庭深邂逅于江南水乡，相爱于抗日洪潮中，命运曲折多磨，风雨患难，但通过执着的争取，最终共结连理的爱情故事。

> 莫说青山多障碍
>
> 风也急风也劲
>
> 白云过山峰也可传情

1983 年，我刚从乡村小学毕业，考上初中。

那年的我，踏进乡镇上的初中，有换了天地的感觉。虽然那时的我还稚气未脱，但不知道为何，我对同期来自香港的、更风靡的《上海滩》《我的中国心》等歌毫无兴趣，唯独这首也是来自香港的小情歌让我的青春荡漾。

我的家乡在川东大盆地，大山阻断了我的视线，家乡在 1984 年冬季才通电。通电那晚，我和弟弟们看着透亮的灯，高兴坏了，眼里满是惊奇与幻想。

漂亮的妈妈看着灯光下写作业的三个宝贝也乐坏了，也很冲动。在三兄弟一番表决心后，妈妈第二天就到镇上花一千多元买回了乡亲们啧啧称赞的凯歌牌电视机和熊猫牌收录机。

自那以后的很长一段日子里，家里非常热闹，每晚都有许多人来家里看电视。

1983 年《万水千山总是情》播出时，家乡还未通电，但那"白云过山峰也可传情"的歌声真的很动听，我天天求着妈妈让我到街上去看，为此写了许多成绩保证书，做了许多家务。乡镇街上只有三台电视机：一台在粮库站长家，几个粮库员工家庭就把房间挤满了，只能在窗外看，人矮还得找几块砖来垫脚；一台在初中学校的校长家，打破胆也不敢去；一台在乡政府会议室，一般人进不去，乡里电话管理员是妈妈的闺蜜，每次都是她带着我。

莫说水中多变幻
水也清水也静
柔情似水爱共永

温情的歌词，加上磁性的对白，牢牢地抓着我的心神。初一时，我曾把"未怕罡风吹散了热爱"写进作文，结果被五十多岁的语文老师喊到办公室，狠狠地批评一番。

老师说："写的是啥，哪里来的这些乱七八糟的词?"

我反驳："这不是乱七八糟，歌都这样唱。"

老师说："啥子歌?"

我说："《万水千山总是情》。"

老师很生气，说："啥子呢?"

我说："不信您去问您女儿嘛，她都会唱。"老师的女儿与我同班。

老师说："好的不学，学这些靡靡之风，回去，马上重写!"

然后，老师很生气地把作文本甩给了我。我拿着作文本，低着头，走出办公室，心里叨咕着"老古董"。

这首歌开启了我的豆蔻年华，打开了我的情窦，在我的青春里播下了种，甚至影响到了我的一生，让我定义了"执子之手，与子偕老，风雨与共"的爱情观。

剧中女主角，其精湛的演技把女主人翁对爱情的坚强表演得入木三分，一举成为当年的不二"女神"。二十七年后的 2009 年，六十一岁的她在经历两次婚姻失败和两次战胜癌症、恋爱二十一年后，再次修成了正果。我想，这或许就是万水千山，就是万水千山的细水长流。

　　虽然多年未听这首歌，但此刻，耳边又回响起熟悉的歌声，让我停下脚步，认真聆听，踏歌而去。只是歌声沙哑悲伤了些，我能理解其中的痛，却无法理解其中的无奈。

　　你说的万水千山细水长流

　　如今不能再爱你

　　让暖阳护你周全

　　若再次的邂逅于人海也还爱你

2020 年 9 月 6 日
临沂

第四编 守望

一条石路，一口老井
一座瓦房，一棵老槐
一群发小，一对老人
没有车马，没有街灯，没有匆忙
鸡鸣犬吠，袅袅炊烟，渔歌唱晚
山泉甘甜，泥土芬芳，乡音呢喃
记住的，是记忆
守望的，是灵魂栖躺最柔软的地方
在心底氤氲悠长

当　归

一直说

我的邻水，没有乡愁

因为我可以随时回到那条河流

只有回不去的故乡才有乡愁

年少时

认为邻水只属于它的城

山沟里的老家，离它很远

但多年后，邻水却以家乡的名义定格心头

小时候

老家没有通公路

五岁时随母亲翻越了六十里的山和路

第一次从城南门进了城，爬上了城墙和碉楼

邻水城

从南朝梁大同三年走来，已有一千四百多年历史

它有数不尽的青瓦木屋和走不尽的石街巷道

它的喧闹和不黑的夜晚，俘虏了少年的青葱岁月

后来

少年喜欢上这座城

喜欢它长长的街道、汹涌的人潮

喜欢它的每间木屋、每处拐角、每垛城门楼

后来

少年渴望在城里、在雨季、在丁香花花期来场遇见

可是，少年遇见了烦忧

于是，少年选择了远走

后来

少年成了青年，成了中年，花白了头

直到成了多情的游子，每次归来

滚烫的脚步都会在老城里停留

千年古城淹没在护城河外的楼宇里

不再喧闹，像萎缩的老人，破碎而凄幽

邻水，成了诗人的一枚邮票和一张车票

成了诗人归途的漂流

一场春雨清风

一杯香茶清酒

就是诗人醉倒的记忆

就是诗人想家的泪流

不去数那数不尽的街灯和淅沥的雨滴

不去听那听不够的梦里或窗外的虫鸣

冬雪，覆盖了诗人回家的路

邻水，成了诗人的一道乡愁

2020 年 1 月 29 日
成都

给 你

我爱
这片土地
它的名字叫故土
我就出生在它的怀抱
虽然它很贫瘠
但我的血液
流着它的气息

我爱
故土的气息
它是这片土地的呼吸
从祖辈开始
无论千年万年
无论千里万里
永远不消失

我爱
这片土地
此刻它很沉重
满山杂草，人烟稀芜

但它不叹息
它安静地躺在大山的腹地
不言不语

我爱
山河的气息
踏着生我养我的土地
踏着先辈的也是我儿时的足迹
走遍山冈
呼吸着它
竟然窒息

假如
我的爱仅是一点萤火
只有一点点的光亮
我就待在房前，在漆黑的夜里一闪一闪
我要用身体微弱的光
告诉每个归来的游子
家，在这里

假如
我的爱更强烈些
我愿是一束光
我要用灼热的身躯去紧紧拥抱这片土地
给它温暖，把它唤醒
给它光辉灿烂的自由
还要给它蓬勃的生机

可我

成了飞鸟

带着梦想穿越风雨

每当精疲力竭时

我会转头，深情回望

然后怀满力量与勇气

再飞远去

也曾

成了候鸟

飞得再远

也有固定的归期

飞得再远

也有回家的轨迹

翻山越岭也会按时回到这片土地

风尘

已经把皱纹驻上额头

但我仍用老迈的喉咙

歌唱这片土地

它那样的安详

如流淌的溪河

生生不息

虽然

风雨把它吹打得贫瘠

虽然
时代把无数逐梦的少年送离
虽然脚下沧桑
但它没有愤怒
无声无息

或许
这片土地
再也不会焕发农耕的生机
再也复原不了曾经的华丽
但它永远等着游子的归期
直到我死去，把躯体埋葬在这里
它是我生命的开始，也是终止

我爱
这片土地
我躺在它的黑夜里，眼眶噙着泪水
听见，泰戈尔说

花朵以芬芳熏香了空气
但它的最终任务
是把自己献给你

2019 年 7 月 17 日
川东邻水

乡　愁

列车
载着我
穿越山河与大地
穿越春暖与秋意

车窗前
望着山峦与云彩
没有哐啷声的高铁轨上
我泛起了对故乡的思绪

想起
歌曲《故乡的云》
按捺不住，轻声地对自己说
回家去

北国的晨曦
西南的夕阳
乡愁只是朝发夕至，可时光说
它是三百六十五天的遥远距离

在院落里
舀瓢泉水，煮壶清茶
数漫天的繁星
听满坡的蛙语

母亲说
她一辈子住在这山沟里
她没有乡愁，只有乡恋
母亲说，没有家的人才有乡愁

父亲说
他这辈子去过许多地方，但从没忘过家
他没有乡愁，只有乡情
父亲说，不能回家的人才有乡愁

我有家
我也有故乡的恋情，有从未改变的乡音
可为何我的乡愁
如此地无法抗拒

2019 年 3 月 30 日
川东邻水

这片土地

行走
在这片土地
多想用赤裸的脚
甚至想用赤裸的身躯
与它亲昵

听着
满山遍野的蛙叫与虫鸣
声音还是那样的浓郁和熟悉
如那炊烟
把我痴迷

其实
我与蛙虫都是这片土地的孩子
只是我成了只飞来飞去的候鸟
在低沉地歌唱
没有它们肆意

我说
哪怕外面世界以痛吻我，我也要报之以歌

因为我有这片土地
它如春天般充满生机
生生不息

我们
如这八月的豪迈和热烈
如这大地的苞米和稻粒
此刻，情感正丰满
生命正丰腴

我们
在一起的时光，已是三十多年前的记忆
这片土地是我们在异乡遥望时的归集
此刻相聚一起
心如溪水

我们
走了又回，回了又走
我们懂它的呼唤，它懂我们的呼吸
正如回时不需带回远方的美丽
走时也不必带走家乡的水和泥

残阳
和金黄的稻田与玉米地，一起缄默不语
一群曾经年少的男人
笑传天际
身有痕迹

一起
走荒芜岩道，看老林屋脊
本想脱光了到堰塘洗个澡
可再也说服不了自己
我们少了儿时的勇气

请你
不要这样悄无声息
也不要这样不辞而别
至少，要好好端详这片土地
在它的怀抱里皈依

可是
少年在星光拥抱大地的时刻
终究，披着星，戴着月
噙着泪，吟着诗
转了身，又离去

期待
一场相见和别离
想我的人儿呀，我是一只南北徘徊的候鸟
把青春和枯枝，衔到你的唇边
深情一吻

2019 年 8 月 9 日

川东邻水

三月家乡

三月家乡
该是怎样的风景

是轻轻的温柔的风
是满满的芬芳的香
是袅袅飘向蓝天的炊烟
是群群自由叽喳的麻雀
还是从南方飞来歇脚的乖巧的燕

是层层叠叠的梯田
是漫山遍野的油菜花
是印满足迹的小路
是错落有致的竹林、篱笆和庭院
还是牧童和牛儿合声歌唱的婉转

遥远的想
堆成了痛和怨
疼痛着的哀怨
是说不出的寂寞和乡愁
是一个人的归处，是一桩心愿

归来，无论是在山道里悠闲地转
或是停下，在院坝里与邻里笑谈
抑或是邻里离去后在床上栖躺
诗人不停止地心慌
说不清是烦乱，还是过于宁静和安然

是爸妈的家常
是敞开的夜窗
是一宿未停的田间蛙叫
是朦胧早晨的清脆鸡鸣
也是那笼着村舍的淡淡水雾和青烟

是山顶的朝阳和霞光
是长长的盘旋的乡道
是浓浓的菜花香
是乡邻们的亲切和嘘寒问暖
也是那寂静的一塘池水和断墙残院

归来的诗人，被三月撩扰
也被迟迟未回家筑巢的燕子所绊牵
在一处可以瞭望的土丘上站着
让带着水土味的风吹着脸
诗人在想象中轻轻地叨念

家乡的灵魂，三月的心
谁能读懂，谁在挂牵

2021 年 3 月 12 日
川东邻水

爸爸的生日

每个人的生命中，一定有这样一个男人。

他本真慈祥，勇敢刚毅，严谨认真，不苟言笑。我们很爱他，却有些害怕他，与他的话不多。甚至，我们的嘴上时常和他斗，想过要和他抵抗，也曾无数次想要脱离他。

但终一生发现，我们彼此是如此深爱着对方。

他就是父亲。

爸爸老了，再过几小时，他就七十九岁了。

此刻，我的心很沉重。沉重，不是因为我不能为爸爸的生日做些什么，而是我多么渴望时钟走慢些，甚至停下，我甚至不想要这所谓的生日，因为我不希望爸爸老去。

此刻的广州城，灯火辉煌，但我的心里却空荡荡的。

从 1984 年开始，已经三十五年没在家陪爸爸过生日。

三十五年前的曹学明先生，也就是我的爸爸，还很年轻，走南闯北，见多识广，拥有八年军旅生涯加上 20 世纪 60 年代的高中文化，不但思想开阔，而且谈笑风生。

三十五年前，他的大公子——我还是十五岁的少年，刚上高中，两个弟弟也正值青葱的少年时期。我的高中学校离家很远，要一两个月才能回一次家，从那时起，我就开始缺席爸爸每年的生日。

年轻时的爸爸，是村里比较有见识和了解山外世界的人，那时的交通和信息很闭塞，爸爸去过很多在当时许多家乡人都叫不出名的地方。

当兵八年，爸爸基本不会干农活，他认为贫瘠的家乡土地飞不出金凤凰，一直说："大人要做生意，小孩要读书。"这在20世纪70年代是很前卫的思想，但对于一个家庭也是很致命的，尤其是当时妈妈的身体还不是很好。

爸爸这辈子经营过很多生意，倒腾过畜牧养殖和旧皮鞋生意，卖过火车时刻表、拳谱、医谱、旧书和小刀具等生活用品，也卖过鸡药、喷雾器、毛线针、菜板等生产工具，也照过相、剪过发、修过鞋、生产过酱油和磁疗腰带等，林林总总，不计其数。

爸爸不但有智慧，还特能吃苦，他的心中只有家和孩子，一生都在为此而精打细算，在所不惜，无怨无悔，他如大海般沉默、大山般坚定。

因为爸爸的勤劳和聪明，我的家在20世纪60年代就有了算是全村最宽敞的楼房。在70年代末，又延长了四间，更加宽敞。在我们还很小时，村里人就说："学明这是把几个孩子成家的房子都准备好了呀。"

但也因为如此，在"文化大革命"中，爸爸的人生特别坎坷，后来更是迫不得已卖掉了一间楼房，爸爸在那个年代也慢慢变得像一座沉默的大山。

但我与弟弟们是幸运的。我们的爸爸坚毅而强大，无论多大困难他都选择了坚持和忍受，妈妈虽然体弱，但内心也非常强大，没有丝毫的软弱和泪水，带着三个孩子坚定地支持爸爸，永远地站在爸爸身边。那些年，如果不是爸爸妈妈的顽强，我们的家早已破碎，或者他们早已离开我们，不在我们的身边。

我与弟弟们也是幸福的。哪怕再艰难，我们家也没缺过粮，从没欠过学费，也从未向外借过钱。在很多家庭还是几个孩子睡在一张床时，我们三兄弟打小就是一人一间屋，一人一张床。

爸妈为人善良，待人热情，村里的孩子特爱到我家玩，也常在我家吃饭过夜。有两件事，最能证明他们的真挚。

有个邻居，夫妻都要外出打工，但其孩子还小，孩子的爷爷奶奶和伯伯婶婶都在本村。夫妻俩问孩子想到谁家去生活，孩子说要到我家。孩子与我爸妈生活了两年多，直到考上县城中学。镇上还有一个孩子，是我三弟的同学，他父母也只有他一个孩子，三弟参军后，他到我家生活了很多年，直到工作后才离开。

我与弟弟们更是自豪的。爸爸常以其人生经历和阅历告诉我们："我们家能有今天很不容易，兄弟间一定要团结，一定要好好读书，一定要走出农村。"

爸爸知道我们家没有任何社会关系，背景也不太好，只有读书才能拯救他的三个孩子，才能让我们出人头地。今天想想，如果不是爸爸对孩子读书的这份特殊理解，我与弟弟们的人生或许要从头书写。

更让我与弟弟们骄傲的是爸爸有很高的内涵和品位。

年轻时的爸爸很有军人的血性和严肃感，许多乡邻在骨子里很敬畏他。但他这一生里，无论我们三兄弟犯什么错，他都从不动手打人，而是以道理和言语进行教育。爸爸也从没在我们面前与妈妈大声争吵过，虽然我知道他们一定争吵过，但在孩子们面前，爸爸选择了回避。这份自律对于出生在 20 世纪 40 年代的农村人来说是很不容易的，我常说，这个优点甚至不是来自自律，而是来自他骨子里的品格。虽然爸爸身上时有小农意识，但凭这点，我认为他是一个有着很好品行的男人。

我常以爸爸为榜样，但我做不到他那般，我也很少看见哪个父亲做到了。我在许多场合都骄傲地对朋友讲，作为他的孩子，我特别自豪和幸福。

可今天，爸爸身体衰老了，走路也慢了，他常穿着公司的 T 恤衫（爸爸总以穿我们公司的文化 T 恤衫为豪），但因为每天干农活，穿着有些随意。

我笑着说："爸爸，你这样有点损伤我们公司的形象哈！"爸爸说："讲究那么多干吗，这样就挺好了。"

孩子犯错时，母亲总是严厉地教导他，还会打他，他长大了，犯错时，母亲对他的教训依然如故。有一次，母亲打他，他突然大哭。母亲很惊讶，因为几十年里，打他时，他从未哭过。

母亲问他："哭啥子？"

他说："从小到大，妈妈打我，虽然我很痛，但我不哭，因为我知道妈妈是为了教育我。但今天，我感觉不到妈妈打我身体的痛。"

他说："原来，妈妈老了。"

写到爸爸老了，便想起了这则故事。

突然间，我多么渴望自己能被爸爸狠狠地打一次，但这一生从来没有，也许永远也不会有。

1991 年秋天，我与爸爸都在异乡。

有一天，爸爸做生意特地来到了我上大学的城市，下午五点多，爸爸来到了我们宿舍。我上大学时，爸爸常年以我上大学的城市为中心开展生意，我的床下常有爸爸的货物，但很少与爸爸一起吃饭。

爸爸说："剑波，今天一起出去吃个饭。"

我说："要得。"

我们选择了学校池塘边的小餐馆，爸爸说这样不用我走太远的路，并说："好久没一起了，多点几个菜。"

我点了回锅肉、咸烧白、溜白菜、油炸花生米、豆腐汤，典型的四菜一汤，虽然知道爸爸挣钱很辛苦，但那天点菜我很阔气。

爸爸说："再点点。"

我说："够了。"

爸爸拍着我的肩，说："没事的，多点点。"

那些年，我也会去县城小旅店看爸爸，我们父子俩偶尔也会下馆子，基本都是一份肉菜、一份素菜、一碟泡菜、两碗豆花，简约的四菜一汤。爸爸说豆花好，有干有稀，营养暖和。

爸爸是小生意人，节约是他一生的高贵品质。所以，爸爸六十多岁时收废纸，七十多岁时卖旧书，我从未反对。只要身体允许，爸爸会力所能及地做买卖，他不能容忍经济只出不进，他常说："金山也会空，老了也不能闲，不能成为孩子们的负担。"这是他用一生来成就的品格。所以，快八十岁的爸爸又养起了兔子，我也不反对。

我早已在心里告诉自己，无论爸爸做什么我都不会反对，爸爸想干啥，我就坚定地支持他，让他快乐地做自己，这或许就是作为儿子的我对爸爸的爱。

那天，爸爸要了点白酒，说："剑波，你也喝点？"

我说："我酒量不好，陪爸爸少喝点。"

爸爸很高兴，说："你就喝瓶啤酒吧。"

那天，我没多想，只觉得爸爸很高兴，我们父子俩在远离家的异乡，聚在一起，边吃边聊，很快乐很满足，用今天的流行语来说，满满"小确幸"的时光。

吃完饭，爸爸说："你去上自习吧，我回招待所去了。"

我说："爸爸，我送送你。"

爸爸没有反对，说："要得。"

小餐馆到学校大门的路不长，爸爸一路反复叮嘱我要注意身体，不要感冒，说我肺不好。那年春季，我在大学里患上了支气管肺炎，学校医疗设施简陋，一直未治好，直到暑假在老家医院里输液治疗了十多天才完全康复。直到今天，每次电话爸妈都还会提醒，一旦听见我咳嗽，他们都会紧张地问："儿，你咋的哟？"

到了校门口。

爸爸说："你去上晚自习嘛。"

我说："没事，自习时间随意些，不要紧。"

爸爸说："你要好好读书哟。"

我说："知道。"

爸爸说："你要多写信给你妈妈，她一个人在家，很想你们的。"

我说："我写了。"

爸爸说："你也要多给你两个弟弟写信，叫他们好好读书。"

…………

那天，我一直觉得爸爸还有话，但他一直没说。

我说："爸爸，你一个人在外要注意安全哟，也要多给妈写信。"

爸爸说："要得。"

我说："爸爸，你也不要太辛苦了。"

爸爸说："不辛苦。"

我说："爸爸，你一个人在外头还是吃好点嘛。"

爸爸说："晓得。"

我说："爸爸，你到了附近，就来我们学校嘛。"

爸爸说："要得，我基本上都是在周边的几个县跑，不会走太远。"

我与爸爸，就这样他一句我一句地说着。

爸爸看了看手表，说："不早了，我走了。"

爸爸很节约，但有一块漂亮的上海牌手表，那是他为自己置办的最昂贵的物件。从我有记忆开始，爸爸就有戴手表，从未间断过，非常有气质。但爸爸戴手表，只是为了每天出门和乘车能准时。

我说："好的，爸爸。"

最后，爸爸回头，说："剑波，今天是我的生日，爸爸也开始老了哟……"

那一瞬间我惊呆了，我的心一下子就酸楚了，眼眶也一下子湿润了。

我说："爸爸，原谅我。"

爸爸拍了拍我的背，说："孩子，没事的，看到你就好了。"

我说："爸爸，生日快乐。"

爸爸说："孩子，谢谢你。"

说完，爸爸紧紧地与我握了手，朝县城的方向走去。我一动不动地站着，望着爸爸在街道夜灯里远去的背影。那一刻，我被那个背影带走了所有的目光；那一刻，我突然感到那个夜色中的背影无比伟岸。

二十八年里，我无数次地想起过那个场景，它牵绕着我，也无数次地鼓励和鞭策着我。那个背影让我懂得了"父亲"一词的含义，也让我懂得了家的含义。那个背影时刻提醒着我，作为长子该做些什么。

二十八年里，每次想起那个场景和那个背影，我都为自己拥有这样一位父亲而无比自豪。

虽然我知道爸爸永远不会责怪他的孩子，但我无限地自责，我怎么可以忘记自己爸爸的生日呢？我怎么可以在余后的岁月里，竟然没有一次回家陪爸爸过生日呢？

写到这，已经是己亥年农历九月十六的深夜两点。

从书案前离开，推开玻璃门，站在十八层楼的阳台上，望着广州城，城市灯火阑珊，天空繁星点点，一阵风吹来，吹到脸上，风是湿的、咸的。

我打开手机发了短信："爸爸，生日快乐。"

原本准备合上电脑早点休息，但突然想起了一篇日记。

父亲八十岁，老年痴呆。有一天，窗外飞来一只麻雀。

父亲问："那是什么？"

儿子说："麻雀。"

过了一会儿，父亲又问："是什么？"

儿子不耐烦地说："麻雀啊。"

没多久，父亲又问："这是什么？"

儿子恼火了："说了是麻雀，你有完没完？"

父亲默默地坐在轮椅上，不再吭声。

一年后，父亲走了。

儿子在整理遗物时，发现父亲几十年前的一本日记《日子》，日记上写着："儿子三岁了，窗外飞来一只麻雀，它用小手指着问是什么，我说是麻雀。儿子用稚嫩的声音一直问着，我就一直答着，儿子问了十五次，我回答了十五次，儿子真是太可爱了。"

看到这里，儿子泪流满面。

写到这里，在广州城里的儿子，也同样泪流满面。

2019 年 10 月 14 日

广州

妈妈的味道

爱，是一件非专业的事情，不是本事，不是能力，不是技术，不是商品，不是演出，是花木那样的生长，有一份对光阴和季节的钟情和执着。

一定要，爱着点什么，它让我们变得坚韧，宽容，充盈。

业余的，爱着。

三月八日，办公到晚上八点，有些累了。

整理办公桌，收拾小书柜，看到了汪曾祺的散文集《生活是很好玩的》，翻上几分钟，看到了这段话。

趁着夜色，十分钟就到了小区。小区很大，还有座山，虽然与老家的山相比显得很小，但开车也得翻几道冈，绕上一会儿，在大都市里是很难得的风景。

打开全部天窗和车窗，索性慢慢地开，让春风骚扰自己，不一会儿，心就充盈了，我也仿佛听到草木在春天里生长的声音，很清脆，很快乐，很自由。难道这就是我对春天的钟情和执着？

广州的春天，来得很早。

整个白天都待在办公室里，虽然在二十楼也可看到足够远、足够多的春色，看到静谧的蓝天和流动的云朵，但它们与我隔了层玻璃，少了肌肤之感，感受不到那嫩芽的娇香，感受不到这夜风的馨香。

所以，这段山路，我想足够慢地开车，慢到夜晚和春天都慢下来。

一辆车，慢慢地行驶；一个人，慢慢地享受。

　　从前的日色变得慢

　　车，马，邮件都慢

　　一生只够爱一个人

　　从前的锁也好看

　　钥匙精美有样子

　　你锁了　人家就懂了

　　与朋友们在一起，不聊工作不聊钱，爱聊点诗与远方。每个人都向往诗与远方，但深问诗与远方是什么，却很难说清，大家都说是一种感觉。

　　比如此刻的慢，我就觉得很美、很有诗意。虽然近在咫尺，却如心中的向往。越慢，越美，越心动。

　　什么是美，什么是诗意，什么是向往？

　　就如木心先生《云雀叫了一整天》中的这首《从前慢》一样，从前这些朴素至简，当时只是"过日子"，但经过光阴的淘洗，它成为心灵向往的远方，成为一种美，成为一种精致，成为一种朴素的生命哲学。

　　慢下来，我想到了家乡，想到了爸妈。

　　门前老树长新芽，院里枯木又开花，半生存了好多话，藏进了满头白发。想着家乡，想着爸妈，想着想着，我就动了情，眼睛就湿润了。

　　时间就这么匆匆，不经意间又有大半年时间没有回家看爸妈了。一想再想，不得不承认，岁月是一本仓促的书，我已经错过了很多。

此刻，山顶一片安宁，只有夜在呼吸。

心，因为想家而微微地痛。生活多年的城市，我竟然陌生得分不出东西南北，不知道朝哪个方向去张望家乡，我成了迷路的孩子，找不到回家的路。

月亮高高地挂在夜空。月光把山林照得有些薄凉，我的心空落落的。夜风吹来，噙在眼眶的泪水一下子就掉了下来，凉凉的，冷冷的。我掏出手机，连通了千里之外的爸妈。

妈说："幺儿，吃饭没？"我在兄弟间排行老大，但妈妈总爱这么叫。

我说："还没？"

妈说："你出差了哇？现在这么危险，不要到处走哟。"

我说："妈，我没有出差，过些时间后才会出去。"

妈说："那嘟个（川东土话）到现在还没吃饭呢？"

我说："我今天到公司了。"

妈说："今天是星期天，你还要上班呀？"

我说："最近事情多，有点忙。"

妈说："幺儿，再忙也要按时吃饭，要注意休息。"

我说："妈，我晓得。"

我说："妈，节日快乐哈。"

妈说："啥子节日哟？"

我说："三八妇女节噻，你们的节日哈。"

妈说："我都老了，还过啥三八节哦？"

我说："曹家太太，还年轻哈。"

妈说："老了，老了，不过了。"

我说："不老哈，照常过，等会儿我转个红包给老二，让老二给你现金。"

妈说："不用转，我还有钱。"

我说：“有钱那是你的嘛，过节还是要整点哈。”

妈说：“那由你嘛，你们也很辛苦，不要乱花钱。”

我说：“妈，我晓得。”

我与妈妈就这样东一句西一句地闲扯着，我喜欢这种“闲”，更喜欢这种“扯”，闲扯之间，我的身心就被融化了，被浸沁在温暖之中。这种感觉和温暖是独有的、不可替代的，是一种味道，是一种永不消失的刻骨铭心的味道。

妈妈七十多岁了，是不年轻了，但很乐观，很开朗，声音总充满活力，格外动听迷人。

我说：“爸爸呢？”

妈说：“你爸刚看完新闻联播，又在看国际新闻，你爸像个大首长，一天都在关注国家大事，一点家务都帮不上忙，耳朵又不好，你听嘛，电视声音隔几间屋都听得到。”每次电话，妈妈总要点评爸爸几句，久而久之，我不觉得这是妈妈在投诉，而是在向我秀恩爱。

我说：“妈，我和爸爸说几句。”

妈说：“要得，你爸爸下午还唠叨起你耶。”于是，我听见妈妈踢踏的拖鞋声，一会儿就到了爸爸的房间。

妈说：“老大要和你说话。”

爸说：“哪个老大？”

妈说：“你大公子那个老大，你还有哪个老大嘛？”

爸说：“他是他们三兄弟的老大，又不是我老大。”

妈说：“你的老大早就到上天去了，他会给你打电话不嘛？”爸爸和妈妈总是这样互相拌着嘴，却又不失情趣，这或许就是家的味道。

爸说：“我耳朵不好，也听不清楚，你帮我把电视声音调小点。”

爸说：“剑波。”爸爸拉长语气，大声地喊着，和他老人家对话，必须进入他的节奏和语调，他是家中的真老大，所以谈话的节奏必须由他老人家把控。

我说："爸爸，身体好不？"

爸说："你说啥子，听不清哟？"

我说："我说你身体好不？"在山顶上，我使劲地"呼啦"一声，我感觉树都被震动了，把夜的宁静都吼破了。

爸说："我身体很好，你妈妈身体也很好，你和静儿不要担心，我就是耳朵不太好，听不清了，现在全世界的形势都不好，到处都是疫情，你要少出差，以后安全了再出去，千万要注意，感染上了不得了哦，要记得戴口罩哦……"

爸爸在电话那头大声、连续地说着，不听别人的，只顾把自己要叮嘱的一咕噜地交代完毕，然后把电话递给他太太，通话结束，这就是爸爸的风格。

爸爸年轻时，有文化，有思想，英俊潇洒，当兵八年，走南闯北，有头脑，会赚钱，还有小幽默，用今天的话讲，有颜值，有实力，还风趣。但岁月不饶人，快八十岁的爸爸，这几年听力严重不好，人也老得特别快。

我不太愿意去想这些，每次想起时总控制不了自己的情绪，但又无法不去想，因为我的生命有他的血脉基因，他无时无刻不牵绊着我的情感。

妈妈既能写信读报，还能唱歌跳舞，年轻时高挑俊俏，是老家有些知名度的美女。但中年时重度的眩晕（医学名称为梅尼埃病），把她折磨得失去了许多风采。

但说来奇怪，妈妈六十岁后，反而越来越健康，越来越精神，或许与她乐观、豁达的性格有关。老家公益捐款，她最踊跃，爱人常说，妈妈这觉悟不入党都不行，妈妈有许多年轻的闺蜜，每每想起这些，我都幸福开怀。

妈妈小爸爸七岁，但妈妈很迁就她的丈夫，爸爸也很娇惯他的妻子，彼此相濡以沫，恩爱有加。

你爸，一辈子不甘于干农活，常年在外做生意，一直入不了当时的主流，你爸有小生意人的精明和开朗，但也节省和抠门。但非常奇怪的是，你爸非常疼爱你妈，他们夫妻之间一生没有脏话，没有打过架。

你妈呢，一边从不缺钱、仁义大方，一边欢天喜地、花枝招展。你爸呢，一边唠叨，一边抠门，却扯虎皮做大旗地纵容你妈大方。你爸总是不让你们三兄弟太吃苦，舍得投资，非常信奉读书，疼爱之情溢于各种小细节。

我早几年就总结了，你爸你妈的爱情是有档次的，你爸你妈对孩子的疼爱是有深度的。

这是我舅家的表哥前不久写给我的信，摘取了其中的几句。这些文字我读过很多次，也能背出来，但也为此流过泪，虽然文字只讲出了这对老人的点滴，但足够了。

信里透出的爸妈的可爱，于儿子来讲有更多更深刻的了解，仅仅这些就已足够让我骄傲和幸福。

妈说："你爸不说了，他说听不见。"

我说："要得。"

妈说："你赶快回去吃饭。"

我说："我马上就到家了。"

妈说："你在哪里哦？怎么有风的声音呢？"

我说："我在山上。"

妈说："在哪个山上？"

我说："在小区里的山上。"

妈说："你大半夜里跑到山上干吗？赶快回去。"

我说："妈，我想你们了。"

…………

我听出了妈妈在言语中的担心和着急。

我与妈妈突然都不说了，我知道妈妈哭了，妈妈知道我也哭了。这座山，这座城，还有这个夜晚，都知道我想爸爸妈妈了，都知道远方的爸爸妈妈也想我了，它们听见了我与妈妈的哽噎。

它们是懂的，所以无比安静，它们要让电话里的母子听到彼此的想念。整个春天也都知道了，也懂得这份想念。

妈说："幺儿，你要好好的哈，不要累着。"

我说："好的，妈，你和爸爸也千万要注意好身体。"

妈说："我和你爸爸都挺好的，我们会照顾好自己的。"

妈说："幺儿，早点回去，早点回去吃饭，别让静儿和孩子等太久了。"

我说："妈，要得，我马上就回去。"

妈说："我的儿，你们想吃啥子不？我邮寄过去。"

我说："妈，只要是家的，我啥都想吃。"

妈说："那我明天让你二弟上街邮寄去。"

我说："谢谢妈妈。"

妈说："傻孩子，跟我还说客气话，早点回去，别让家里担心，你要多陪陪静儿和孩子。"

妈妈是疼我的，是懂我的。

天底下最懂你的人是父母。世上最极致的味道永远来自妈妈，这种味道弥漫在我的血液里，融化在我的生命里。三千风月，浅浅一滴，就会激滟我的整个心湖，就会绽开我的整个春天。

如果某天

你想一个地方

或是想一个人

以及这个地方的每个村庄、每座山冈

或是与他一起吃过的食物、走过的路

哪怕只有一句家常

那一刻
你就会知道
孤独的味道，如何去品尝
那一刻
你就会知道
最美的味道，它源自何方

月光之下，山林茫茫，风一吹来，山林直响。

家人闲坐，灯火可亲，心中温暖，便不惧夜晚的深邃。

灯火之所以可亲，是因为有家，有爸妈，有孩子，有我的她，是因为灯火之下，有在等我的人。

后记：

三月十日，星期二。

下班到家，敲开房门，爱人在门口笑眯眯迎着，孩子在书房大声喊"老爸"，我的嗅觉瞬间触了电，被家的味道俘虏了。

我高兴地说："啥好吃的？"

爱人调皮地说："你猜一猜？"

我长长地吸了一口气，然后一道道地猜着："凉拌折耳根，细根大叶子的；四川老腊肉，连着排骨那种的；麻辣香肠，柏树叶烟熏那种的；油炸花生米，小颗粒那种的；萝卜干回锅肉，麻辣香脆那种的……"

爱人眨着大眼睛，神奇地说："你猪鼻子呀，这么准。"

我高声叫道："儿子，开饭咯！"

儿子"嗖"地跑出书房："来咯来咯，真香真香！"

2020 年 3 月 11 日

广州

负重的远行

有生以来，我有四次觉得远行是一场负罪。

第一次是 2008 年 2 月 18 日。

由于工作需要，我与爱人要从成都去到沈阳工作，出发前一晚，可爱的小儿子或许知道他的爸爸妈妈第二天就要离开他，而且是长长的一年，他跑到了我们的床上，那一晚一定要和我们一起睡，但那一晚孩子非常安静，非常乖巧。

凌晨五点，我们与爱人轻轻地起床，然后悄悄地出发。出发时，多想叫醒孩子，与他告别一声，再亲昵一会儿。但孩子还香甜而幸福地睡着，看着孩子稚嫩的脸，看着我们离开后已经空空的床，我不知道我的孩子醒来时会是怎样的失落与哭啼。

我写下纸条，放在床头柜：孩子，爸爸妈妈走了，爸爸妈妈永远爱你！

然后，流着眼泪，打开房门远行。

第二次是 2015 年 3 月 1 日。

为了新的职业规划，我从北国沈阳南下广州，把爱人与孩子留在了举目无亲的异乡沈阳。

那天，寒冷无比，飘着雪花。清早，我把孩子送到学校，回到家，就拖着行李箱前往桃仙机场。我不敢让爱人开车送我，因为我不敢看爱人的目光。

当我走下楼，坐进出租车，在车窗里回望，我看见爱人静静地伫立在窗前，她没有开窗，娇小的身影在那扇玻璃后是那样弱小和孤单，我知道，她有无尽的委屈和不舍。那一刻，我瞬间泪流满面，一路哭到了桃仙机场。我也知道，当车启动，她也会如此。

想起作出南下决定时，我问爱人意见，爱人说："你尊重你的内心吧，你是我与孩子的全部，我们一切听你的。"直到今天，每次回想这句话，我的心都隐隐灼痛。

那天，我在机场里写下了《远行的忧伤》。

第三次是 2017 年 4 月 15 日。

那天，因为工作到了重庆，顺道回家看望爸妈，但没有提前告诉他们。爸妈喜出望外，做了几个菜，美美的午饭后，我在家里的沙发上安稳地小睡一觉。

下午，妈妈乐呵呵地问我："幺儿，晚上想吃啥子？"我说："妈妈，我一会儿就要走，晚上重庆还有事。"那一刻，我看到了妈妈一脸的失落与伤感，我看到了爸爸不解与苍老的目光，我甚至觉得是一个儿子在欺负一对善良而无助的老人。

当我坐上车时，爸爸说："孩子，在外千万要注意身体，你们忙，也不要太担心我们，我们挺好的。"我的泪水止不住地涌满眼眶，几个小时的一趟回家竟成了我以爱为名义的伤害，成了我在老人身上划的一道深深的伤。

燕子每年还会从遥远的地方回家住两个季节，而离家的孩子却如此匆匆。

那天，我写下了《燕子的诗语》。

第四次是 2018 年 10 月 25 日，也就是今天。

岳父朴实善良，乐观豁达，与世无争，身体一直很好。但年初，因为一个小病，检查出了大问题。我们一家人如遇晴天霹雳，努力地为老人寻找最好的医院，年初就预约，到现在才能做手术。华西医院的手术从下午一点持续到五点多都没有结束，明天我在广州总部有会议，我必须前往机场。

我与爱人安静地守在手术室门前，我几次从手术室门缝朝里张望，但只看到了一条长长的、寂静的手术通道。我拽着爱人的手，爱人的手在那一刻更加纤细。我拥着爱人的身体，爱人的身体在那一刻更加弱小。我背着背包，拖着行李箱，离开了手术室，离开了医院，离开了我至爱至亲的人。

我知道，那一刻，他们需要我。当我坐上的士，看着医院的大楼，我责怪着自己，我的心泛起酸，眼里流着泪。

一直到此刻，在航班上，我不停地写着。

身旁的阿姨为我递来纸巾，南航空姐蹲下身来，递来湿巾，关心问道："曹先生，怎么了，需要帮助吗？"

1995 年 3 月，爱人第一次把我带到了她家，从那一天起，我的生活就与这个家庭紧紧地联系到了一起。那时，岳父还很年轻，乌黑的头发，偶尔还吹个发型，或穿带花的衬衣，时尚得很。那时，我还叫他杨叔叔。

岳父年轻时是小有名气的建筑师傅，有很多徒弟，受人尊重，也挣了些钱，他一生最有成就感的作品是四川省康定市的公安局大楼。

岳父家没有男孩，只有两个乖巧的女儿，我的爱人是老大。

1995 年 4 月的某天下午，我与爱人约好下班后到家里吃饭，但下班时来了十多车原料，无法前往，当时通信非常落后，很少手机与电话，无法告知。

晚上七点多，突然电闪雷鸣，狂风暴雨。但令我想不到的是，爱人与岳父害怕我不熟悉路，走错路，父女俩骑着自行车，冒着雷电和风雨，赶了十多里路程，找到公司。那一刻，我感动无比，那份善良与亲情，我一生铭记。

1998 年，为了赚钱，工作之余，我建了个养猪场。岳父也是我猪场的总设计师和建筑师，辛苦了大半年，却分文不要，老人是那么的慈祥和可爱。

我与爱人的婚礼很简单，就在养猪场举行，那里是我与爱人奋斗旅程的开始，婚礼那天，我改口叫杨叔叔爸爸，改口叫阿姨妈妈。

二十多年里，岳父、岳母对我尤为疼爱，我也从骨子里把他们当成亲生的爸妈，我们从未红过脸，也从未争执过。

我喜欢吃南瓜，只要我在家，餐桌上必定有，每每还会问："今天南瓜甜不?"我喜欢吃青菜，他们会花心思地做各式的青菜，记得有一次，爱人的妹妹回家，看见她爸在洗青菜，说："老爸，你弄这么多青菜谁吃哟?"岳父笑着说："你曹哥今天在家。"我在书房听着，心里暖暖的。

我喜欢吃汤圆，每天早上，岳父、岳母都会为我煮一碗甜甜的汤圆，或许我也有吃腻的时候，但所有的想法都抵不过这份疼爱，我也从不提起，我吃了二十多年的汤圆早餐。

我喜欢看书，每晚在书房看到深夜，岳父也会陪我到深夜，不断地嘘寒问暖。我外出会友或远行归来，无论多晚，岳父都会等着，从不先睡……

我由衷感激我的岳父，我与爱人也享受和珍惜着这份温暖。

2000 年，第一次买房，那时我与爱人正过着恩爱的小日子，但我们选了一套两百多平方米的大房，我一定要岳父、岳母与我们住在一起，我喜欢一家人在一起温馨的感觉，这份温馨，既是责任更是幸福。

2006 年，为了以后岳父、岳母老了进出方便，我与爱人为他们买了一套大大的一楼带花园的房子，但岳父、岳母说，花那么多钱买的房子搁着，浪费了，让我们卖了。他们感谢我们，其实更是在为我们着想。慢慢地，岳父、岳母不再年轻了，我与爱人又在秀美的河边为他们买了一套有花园的房子，虽然花了些钱，但比起他们对我们的爱，比起他们勤劳的一生，我们做的都微不足道。

岳父非常朴实和善良。

岳父爱喝茶，但每当我为他买点好茶，他总觉得贵，总把他的茶混着喝。岳父爱喝酒，每次吃饭都给我倒一杯，我说要得，喝点安逸，他的酒度数高，每次我饭吃完，酒都没喝完，岳父说："小曹，你酒都还没喝完哪。"我笑着说："有点多，喝不完。"岳父说："那我来把它喝了哈。"

岳父爱抽烟，我爱人对此很不支持。岳父从不在房间抽，每次都到屋顶花园里去抽，每次抽完回到房间，我爱人就说："老爸，又偷偷抽烟了哇？"岳父狡辩："没有呀。"爱人说："我都闻到气味了哈。"岳父说："你狗儿鼻子呀。"我曾偷偷地带烟给岳父，每次他都会说："这些烟贵，还没劲，以后不要带哈。"

岳父虽然不是很擅长种花种草，但在我家的屋顶花园种了黄桷兰、桂花树、三角梅、梅花树、栀子树、枇杷树，一年四季，花香不断，还有水果，安逸得很。岳父爱养鸟，虽不名贵，但叽喳热闹。

每次回到成都，置身家中花园，一把椅、一张桌、一杯茶、一本书，我总无比享受。我对自己说过很多次，要好好珍惜、照顾好他们。

所以，当我背着背包离开手术室时，我无法不责怪自己，我掩饰不了自己的情感。

时光，你怎么就忍心吹老善良的容颜？而我，怎么就停不下脚步，好好陪陪老人？难道真需要这样匆匆吗？即使在他们最需要我的时候……

远行，成了一场负罪，而负罪的心，在深夜里，如此疼痛。

2018 年 10 月 25 日

成都双流机场

包　裹

一早，我就到了办公室，因为我想在第一时间收到妈妈的包裹。

妈妈的包裹从川东大山的小镇邮局寄出，已经发出了四天，可仍然没有收到。昨日周末，到办公室等着，直到下班，直到天黑，快递师傅也没有来。

驱车回家，心里有些失落。

广州的夜色，依旧灯火通城，但平日里拥挤的车流，在临近春节的日子里，渐渐稀少。这座城，再大再繁荣，于大多数人来讲还是异乡，在这季节，显得冷清。

摇下车窗，夜风吹来，竟湿了眼角，朗诵起一段诗，安慰着自己。

莫伤心呀，我的孩子，哪怕再怎样的刺痛，你都要好好的。如果你感觉到痛了，你就回回头，或闭闭眼。哪怕隔着无垠的荒凉和辽阔的距离，我的孩子，我都在你身后，看着你。

前几天，也是周末，我打通了妈妈的电话。

妈妈说："儿，你在哪？"

我说："我在浙江出差。"

妈妈说："好多地方都有疫情报道，你还出差呀？"

我说："没啥事。"

妈妈说："你要注意哦。"

我说："我会注意的。"

妈妈说："没啥事少出门。"

我说："有工作嘛。"

妈妈说："现在不是流行电脑办公吗?"

我说："耶,老太太,你还知道电脑办公呀。"

妈妈说："你以为我啥都不懂呀。"

我说："谁敢说我们家曹老太太不懂哦,你水平高哦。"

妈妈说："没大没小的。"

现代社会,人与人之间,再好的朋友,也少有电话来往,大部分社交都被微信代替了。

前些年,想给妈妈买部智能手机。我以为凭着我对妈妈的了解,她应该会喜欢,但她拒绝了。当时,我还劝说:"妈,你看××都在用,挺方便的。"但妈妈反而为此生气了,说:"他们是他们,我是我。"

其实,不是妈妈不接受新鲜事物,事实上,我可爱的妈妈很前卫,也不是妈妈用不来智能手机,这对于妈妈小菜一碟,但妈妈不接受,有她深层次的道理,她从来不讲,我也从来不问。

我喜欢与妈妈的聊天方式,虽然没大没小,但十分亲切。

妈妈也喜欢这样,与她的大儿媳妇,也就是我的爱人聊天也这样,漫无边际、东拉西扯地聊。想说就说,该笑就笑,说累了还停一会儿,笑够了还缓口气,边说边笑还边做事。有一次,我躺在沙发上与妈妈打电话,竟然睡着了,等我醒过来,通话的主角早已变成了婆媳俩。

我揉着眼问:"这么晚了,谁的电话?"爱人笑着说:"我在演你和妈妈的连续剧。"我知道,她婆媳俩在电话里早已把我这个男主角拿下,但我乐意,也很幸福。

每月几百元的话费套餐,大部分都是在这样的夜里,被我和妈妈的通话消费了。许多时候,在电话里,我都能听见我家老爷子在旁边说："咋那么多话哟，还睡不睡哦？"每当那时，我都叫老爷子接电话。

爸爸语调一下就高了，仿佛首长般，说："哪个？"

妈妈又笑又批地说："哪个，你大公子，还哪个，你看嘛，你爸爸故意装怪。"

爸爸说："剑波呀，有啥指示哦？"老爷子在电话那头也幽默一下。我的老爸，是骨子里就带的幽默，年轻时更得了。

我说："老爸，咋的呢，听语气有点不耐烦哦。"

爸爸说："哪里哦，这么晚了，还说这么半天，你妈妈也是，哪有那么多话说不完嘛，你工作那么忙，她还说个没完，你在外一定要照顾好自己，出门千万要注意安全，开车不要打电话，每天早点休息，好啦，没事啦，挂了。"老爷子每次就这样，不管不顾，一咕噜说完，说完就挂。

我能想到，他挂完电话，一定会絮叨地"追究"他的太太一番，然后他的太太又会回他一句："我喜欢说，嘟个嘛。"

妈妈说："儿，你啥时回广州呢？"

我说："过两天就回去。"

妈妈说："静儿和禹翰（我的爱人和孩子，也就是她的宝贝儿媳和孙子）呢？"

我说："他俩在成都，这几天也会来广州。"

妈妈说："马上都要春节了，他们还要到广州呀？"

我说："他们不来，你的儿每天吃啥呢？"

妈妈说："是哦。"

我说："我以为老太太不管我了呢？"我与妈妈开起了玩笑。

妈妈说："那你们好久回来呢？"

那一刻，我停下了，我不敢回答。

我害怕答应了妈妈，到时又回不去，反而伤了妈妈。我已经两年春节没有回老家了，前年说要整理随笔准备出版，去年买好了机票，但到腊月二十九的夜晚，因为疫情回不去了，听到我说回不去时，妈妈在电话里哭了好久。那一刻，我也想起了2017年端午节我与妈妈的通话。

　　妈妈说："儿，你爸爸和我都老了，再过几年，想做也做不动了，如果你们想吃，就抓紧回来吧。"

　　我说："好的，妈妈，我节后一定回来。"

　　我说："妈妈，爸爸呢?"

　　可就是这一句话，彻底让我无地自容。妈妈说："儿，你们小的时候，每次过节，你爸爸无论多远，千里万里，都要回来看你们三兄弟，可是，这么多年，我们都老了，你在哪里……"

　　我说："妈妈，年前还有好多事，我还没有去想。"

　　妈妈说："回家过个年，还想来想去，有啥想的?"

　　我说："妈妈，我不是这个意思。"

　　我亲爱的妈妈，反而转移了话题："这疫情很讨厌，一会儿有，一会儿无，让人回个家都麻烦。"

　　我说："妈妈，不麻烦，挺方便的，只是有点忙。"

　　妈妈说："儿，不说这些了，你也不要分心，先把工作干好，到时候再说，以你爸爸常说的安全第一为主。"

　　我说："妈妈，你真好，谢谢妈妈。"

　　妈妈说："傻孩子。"

　　我的妈妈，就是这样的好。那一刻，我想起了冰心散文中的一段话，虽是儿时所读，但从未忘记。

　　有一次，幼小的我，忽然走到母亲面前，仰着脸问说："妈妈，你到底为什么爱我?"母亲放下针线,用她的面颊,抵住我的前额,温柔地,不迟疑地说:"不为什么,——只因你是我的女儿!"

我与妈妈,如冰心与其母亲,也如天底下所有母亲和孩子一样,彼此都是对方的最爱,我是妈妈的"傻"孩子,但我幸福不已。

妈妈在我的心中,其美好是至高无上、无与伦比的。我很多次也想如冰心写《写给母亲的诗》一样,写首诗来表达对妈妈的爱,但每每写时,虽然心有无限遐想,却没有文字能让自己满意,爱人说,这叫爱之切,无言表。

我家的天很美,水很美,袅袅的炊烟都很美,哪怕粗茶淡饭,因为有妈妈,我们都吃得很美;我家的草很美,花很美,连树叶都很美,哪怕小小的酸果,因为有妈妈,我们都笑得很美;我家院子的砖瓦很美,木窗很美,哪怕鸡犬为伴,哪怕是破木门遮住的贫穷,因为有妈妈,我们都快乐地觉得,它很美……

初中时,我写过一篇《我的妈妈很美》的作文。

老师把它作为范文,让我朗读,我刚把题目读出来,许多同学就笑了,因为从小在山沟里长大的我们,很少有人这样直接而勇敢地赞美自己的妈妈。但我清晰地记得,当年,当我读到这一段时,所有同学都鼓掌了。

后来,老师把他们的宝贝女儿带到我家玩耍,还要认我妈妈为干妈,或许与这篇作文有些关系,妈妈很有人缘,一共有十多个干儿子干女儿。也因为这篇作文,很多同学了解和喜欢上了我的妈妈。妈妈对我们三兄弟的同学非常好,往昔常有到我家借钱的,说:"冯阿姨,我是××的同学。"哪怕我们不在家,妈妈也从不拒绝,有时妈妈看天色晚,还留他们在家住宿。

三十多年后，想起这一段，我依然无比感慨。

妈妈说："儿，想吃啥不？"

我说："啥都想吃。"

妈妈说："那我寄点到广州来。"

我说："不用，好麻烦哦。"

妈妈说："麻烦啥，又不要我干。"

我说："那就搞点咸菜、萝卜干、折耳根来吧。"

妈妈说："咸菜、萝卜干今年我没做，我找乡邻要就是，折耳根今年都被霜打死了，不知道还挖得到不。我再寄点鸡蛋。"

我说："邮费好贵哦。"

妈妈说："贵啥子，我有钱。"

我笑着说："打麻将赢了哇。"

妈妈说："我好久都没打了，和你爸爸一样，天天都说我打麻将。"

我说："没事，打小点就是。"

妈妈说："都是些老年人，打得慢索索的，不想去打。"

妈妈七十五岁了，但心态还很年轻，她大都是与年轻人一起生活玩耍。有次遇见一初中同学，我说："你到哪里去了，几十年没消息。"她一句"你问你妈妈的话，早就知道了，我们经常一起打麻将"，把我笑得够呛。

妈妈为人热情、公正，很有干部样。村里修扶贫路，让妈妈去监工，大夏天的，晒得黑黝黝的，我们都心痛，她却一丝不苟。村里修广场，她不但自己捐款，还打电话通知我："村书记要找你哟。"

我的老爸常笑嘻嘻地说："你们的妈，如果不是年龄超标，肯定能当干部。"爸爸的话，每次都能让我想起爱人站在村广场功德碑前说"妈这觉悟，不是党员是组织的损失呀"的言语，公媳之言，完全同感。

每次，妈妈都会反驳爸爸，说："唥个嘛，我要是想当干部的话，早就当了。"

爸爸笑哈哈地说："你那意识，是觉得官小哦？"

妈妈说："我不像有的人，天天看新闻，结果呢，不上进。"

他俩总这样互相拌着嘴，但我总觉得，他俩是在我们面前秀恩爱。所以，每次妈妈在我们面前说她的丈夫"不进厨房，扫帚倒了都不会扶"时，我和二弟只是笑，而三弟有点不懂，说："妈，你别说，爸爸都是被你将就（宠的意思）的。"

每当这时，妈妈有点生气，但又乐呵呵地说："你们都是一伙的。"然后，一家人乐成一团。

妈妈说："儿，我再寄点猪肉下来。"

我说："不用，你们留着吃。"

妈妈说："两冰柜，吃得完啥子嘛。"

我说："慢慢吃嘛。"

妈妈说："那我寄点黄豆和花生下来。"

我说："寄来干啥子？"

妈妈说："静儿说早上打豆浆。"

我说："你们婆媳都商量好了，还问我干啥子呢？"

妈妈在电话那头笑了笑，说："还是要通报通报，请示请示啥。"

我说："妈妈，你是我们领导哈。"

妈妈说："你们的老爸才是领导。"

我说："咋的呢，斗嘴又输了呀。"

妈妈说："你见过天天做饭洗碗，扫地洗衣，做慢了还要被批的领导吗？"

我说："见过呀。"

妈妈说："哪个？"

我说："你算一个，你的静儿也算一个。"

妈妈笑了，说："去你的。"

妈妈一生以她的丈夫为荣，以她的三个儿子为傲，无论少时还是现在，都如我作文里所描述的："哪怕是破木门遮住的贫穷，因为有妈妈，我们都快乐地觉得，它很美……"一家人，在她眼里，都是她的幸福。

这辈子，妈妈于我是母亲，但有时我想，妈妈于我们仨，也有如朋友或姐姐，不但慈祥，还很亲昵。有句话说"男孩的心思你不懂"，但我觉得，妈妈很懂我们。因为懂得，才会爱；因为爱，所以懂得。

因为爱妈妈，所以常在夜里想念，每次想念，都如泰戈尔的诗，十分深沉。

你从轿子里走出来，吻着我，把我搂在你的心头，你自言自语地说道："如果没有我的孩子护送我，我简直不知道该怎么办才好。"

妈妈很阳光，但也善感，与我们说话也时常掉眼泪，所以每次我都特别小心。那年，十五岁的三弟去当兵，我和二弟还有爸爸都不在家，没几天时间，妈妈就哭伤了眼睛，白了发。最后，三弟的同学到家里与妈妈一起生活了几年，妈妈完全把他当成自己的孩子，为他找了对象，在本湾（本屯的意思）安了家。

每次夜里想妈妈，我都会掉眼泪，因为我害怕某天失去妈妈，如果那样，我的世界会怎样？许多时候，我都选择逃避这个思考。

这些年，很少在老家陪爸爸妈妈，每次回去，也总是匆匆地今天回明天走。而爸爸妈妈也不愿意离开老家，他们想叶落归根，哪怕是距家不远的县城，他们都不愿意住。幸好他们的二公子在本地工作，每周都能回去。

日常里我总买些各地的特产寄回家，把冰箱、冰柜全装满，我和爸爸酒量都不大，但我家地下室里存了几十箱酒。每次回家，乡邻们都来喝酒，满满的四五桌人，我真诚地感谢乡邻们对我爸妈的照顾。

每次我都激动地说："我爸爸妈妈年纪大了，谢谢你们的照顾，随时欢迎来我家与老爷子一起喝酒，只有一个条件，不能把老爷子喝醉，自己也不能喝醉。"乡邻们很激动，总说："剑波，你放心，你爸爸妈妈一天天开心得很。"

这几年，猪肉特别贵，于是，我委托一位发小每年在老家为我养头年猪，先村里人聚一顿，然后做些腊肉香肠，几兄弟寄点，其余的全冻上，能吃大半年。今年年猪大，四百多斤，特别香。

妈妈对儿媳说："叫剑波明年不要弄了，费钱。"爱人总笑着说："妈，没事的，剑波就是想让一家人吃点放心肉。"爱人懂我，猪肉太贵了，怕老人舍不得买，我是想让爸妈尽管吃。

"曹总，快递。"行政女孩第一时间把妈妈的包裹送到面前。

刹那间，我闻到了无数熟悉的味道。

"妈妈，你到底为什么爱我？"……"不为什么，——只因你是我的女儿！"

小朋友！我不信世界上还有人能说这句话！"不为什么"这四个字，从她口里说出来，何等刚决，何等无回旋！……她的爱是不附带任何条件的，唯一的理由，就是我是她的女儿。

我认真地端详着妈妈的包裹，心中默念着冰心写给其母亲的文字。

此刻，它成了我生命中幸福的宝藏盒。

2021 年 2 月 1 日
广州

第四编

守望

◇

147

归来少年

四月，家中花园。

一夜春雨，到了天明，依旧不停。

春节后的这次离家时间并不长，却间隔了两个季节。家中的花园早已花开花落，新芽也成了翠叶，几株枇杷桃李也挂满了果子，在春雨中玲珑滋润，在树叶中躲躲藏藏，可爱极了。

临时回家，老人很惊喜，想取消他们早前定下的春游计划，但我极力鼓励他们外出，既踏春赏景，也放松心情，更能认识朋友。老人极爱我，哪怕我只在家待一天，他们也买了很多食物，临走还不断叮咛，说什么是早餐，什么是晚餐，如果不想吃，还有什么什么的，让我照顾好自己，我感到很幸福。

爱人在广州，孩子在重庆，一个人的家，虽安静，却安宁。

花点时间，清理书房，整理书籍，随手取下一册，在花园的檐下一角，煮一壶水，放上新茶，听着春雨，慢慢翻，慢慢品，整个院子，全是春天的味道。

一花一茶一世界，一人一书一心境。花园极安静，雨滴打叶的"沙沙"声和落地的"滴答"声，清脆如天籁。楼旁校园里孩子们的琅琅读书声，一字一句，声声动听。

这是我与爱人组建家庭后购置的第一套房，陪了我们二十多年，当年通过打拼购置这套有大花园的房子时的幸福和喜悦，依然历历在目。多年过去，虽然有了几处落脚之地，但能叫家的还是这里。虽然房屋有了些陈旧，但每一个物件与每一处角落，于我和爱人，都生了感情。

就如这套竹编桌椅，在花园里，风吹日晒，也有二十多年，有的甚至折了腿，几次想换，但都不舍，总觉得它不仅仅是家具，而是陪同我们、充满情感的家人。记得那年，买第一辆小车，车很小，但毕竟步入了"四轮驱动"的生活，心里十分激动，乡邻和好友搞了上百鞭炮来祝贺。某个周末，带着家人，到黄龙溪古镇游玩，归来时，带回了这套竹编桌椅。

时光真快，一晃半世人生。

翻着宋词，苏轼的《定风波·南海归赠王定国侍人寓娘》撩动了我的思绪，让我的四月天，如这春雨，生机盎然，温润如玉。

万里归来颜愈少，微笑，笑时犹带岭梅香。

试问岭南应不好，却道，此心安处是吾乡。

这几行词让于满世界行走的我想起了"出走半生，归来仍是少年"的热句。但其实，正如苏轼有些不懂寓娘一样，很多人并不太懂其在表达什么，何为"仍是少年"？

何为"仍是少年"？是初心仍在，初衷未改。但遗憾的是，我们再也回不到当初，再也不是那个少年。

不念过往，怎慕余生？忘却初心，怎得始终？于是，我与时间开始对话。

我问时间："怎样才能留住你？"

时间问我："你为何要留下我？"

我回答："我想留住我自己。"

时间回答："你走过的每段路，去过的每个地方，爱过的每个人，所有的过往，你觉得在，它就在，你觉得不在，它就不在，它在与不在，全在一颗心。"

突然，想起了仓央嘉措的几段文字：

纳木错湖等了我多少年，我便等了你多少年
出生时我就忘了该有冗长的对白，读经文
转着经筒，长跪在羊皮纸托起的文字里屏息
20 年前我的句子丢失足迹，偶然醉酒，遇见己身
在大漠里流干泪水，风沙袭来，三千繁华深埋
旷古的烟尘从此便拥有了接近众生的质地

时间用这段文字回答了我。

初心如同年轮，你见或者不见，你来或者不来，它就在那里，它就像小溪绕着沟渠缓缓流淌，就像炊烟在房舍上自由升天，一切如日月轮换，自然而然。你与我，就该不悲不喜，本真待之处之。

曾经轻狂，以为长出了坚硬的骨头，和岁月成了对手，却时常头破血流，于是产生了乡愁，想起了初心。

几年前，我的母亲说"傻孩子才有乡愁"，我不懂，便问为什么，母亲说"没有家的孩子就是傻孩子"，听后，我更不懂了。

寓娘的"此心安处是吾乡"，我懂了，我的母亲是在告诉她的孩子要心神安宁，若此，哪里都是风景，在哪里都能感受到家的温暖，家住心上，半生出走，花白归来，仍是少年。心若不安，初心丢了，哪里都无法存放，哪怕在故乡，也会找不到栖息的地方。

勇往直前的人不是不流泪，而是敢于含泪奔跑；不是没有痛苦，而是看透了世界，依然选择热爱；初心不灭，不是天真，也不代表没有见过世间阴暗，而是历经沧桑，依然觉得人间值得，依然热爱诗与远方。

半生出走，穿越红尘，虽然越走越远，但抬头瞭望，我所抵达的，

更多是梦里的远方。半生出走的我，归来仍是少年，风雨里做大人，阳光下做孩子。

　　那一世
　　我翻遍十万大山
　　不为修来世
　　只为路中能与你相遇

　　合上书，走出门，站在春雨里，春雨纷纷扬扬落在肌肤上，那一刻，我嗅到了整个世界，嗅到了整个春天。

2021 年 3 月 2 日
成都

第四编　守望　◇

以文围城　向阳而生

第五编　细　语

春刚开始

一场细雨静自落着

柔如诗意，软如细语

很轻很轻

轻得听见了它落在我发梢上的声响

轻得如雪绒花消融

轻得如眸子水流淌

轻得如你的芬芳

风的信子

他们说

你去了远方，时常有信回来

信笺有些湿润，说你或是去了江南水乡

说那里有老城、古巷

有烟雨纸伞

有地老天荒

他们说

信笺也有淡淡的花香

说你或是去了边城丽江

说那里有雪山、洱海

有时空茶道

有一米阳光

信中说

远方是一座写诗的城

满处安宁

萤火和星光

还有雨水打着绿瓦深巷的清脆声，你说

想把每晚的梦都做成诗行

信中说

远方是一座思念的城

到处都是驿站

看不见忙碌

听得见呼吸，你说

每天陪着你的是音乐和写日记的纸张

信中说

远方是一座微风的城

微风轻轻地吹着少男少女的头发，轻轻地推着白云

白云跑到湖水中，轻轻地游荡，没有一丝波纹

微风很美，你说

它们从不慌张

信中说

远方是一座遥远的城

仿佛走到了宇宙的边缘，空气都变薄了

隔断了红尘

但又仿佛很近，你说

一转身，世界都在身旁，心底很安详

你的信

是来自风的信子

从哪里来，何时寄出，只有云知道

有风的日子，读着信

闻到了空气中的芬芳，也仿佛看到

你的悠长

风信子
紫的是温柔，粉的是清香，红的是热烈，蓝的是忧伤
每一字每一句，都很美
一指流沙
一纸年华
风的信子，走着过往，遇见时光

2021 年 5 月 22 日
广州

相　遇

坐在机舱
静静飞翔
辽阔的天空，不染纤尘
白得澄净，蓝得纯粹

秋意时分
拾起了翠绿和青葱
迎来了金黄和丰硕
于是，我想起季节

秋是春的丰盈，夏的风流
一半属于风，一半属于土
在风里她就是诗
化作泥她就是梦

梦中那年
也是秋天
因为遇见你而遇见了我自己
那年，我们都在最美的年华

没遇见前

我是如风的少年

以为最快乐的是如风自由

以为一个人可以过一辈子

遇见了你

瞬间改变

你的名字

早已走进了我的生命里

我说，我要站在你身边

看着你梳妆，看你美丽的衣裳

你说，要我站在你身旁

看着你，美美地看着你

我说，我要为你写诗，说你来自烟雨

我目不转睛地看着你清纯的脸

我们的幸福，触手可及

你说，喜欢

我说，我要为你唱歌

说要带你去远方，去看夕阳

说你温柔的窗，是迷人的光

你说，好听

我说了很长的句子

你却简单的几字

我紧紧地牵着你，你静静地望着我
那一刻，你的脸，快乐而美丽

就这样
我们坐在菩提树下，数着日子
听岁月的呼吸，看时光的行走
亲昵不语

就这样
我们走过北国江南，走过春夏秋冬
走过风花雪月
一转眼，好多年

岁月没有为我们留下青春的样子
我们虽然不再青春
但从未放下彼此
依旧欢喜

就如此刻
我的目光，在满天的云朵里寻觅
你出发广州，我出发这里
或许我们，能在天空相遇

2018 年 10 月 21 日

郑州飞往成都的 CZ3471 航班上

一树花开

那一天
你像一只蝴蝶
飞进了我的窗
围着我不停地绕，然后停在我身上
飞进我的梦里

你的美
如清晨的云彩，让我心动不已
完全是我梦中无数次出现的样子
你就像一只精灵
落在我的梦里

你亮得耀眼
都不敢仔细地看你，我的眼睛甚至张不开
我喜欢上了你
那一天是我美好年华里最美的时刻
你让我，激动不已

那一刻
你像一只小鸟

飞进我的视线

你的眼晶莹又水灵，如天空般澄净

那惊鸿一瞥，使我的心潭泛起涟漪

仿佛我们在前世早已相遇

你的美

就是我熟悉的等待了多年的样子

知道你一定会来

所以我一直等你

我心动不已

我告诉自己

我必须留下你

不是留在梦里，更不是留在想象里

我要把你留在生命里，永远在一起

不为什么

因为等你，我已用尽了所有青春

再也没有时间和精力

等这么久，不因其他

只因我爱你，我爱你的温婉和美丽

那一秒虽然毫无准备

却是我最渴望的时候

在最美的年纪

我遇见了你

我对你说，你让我忘记了自己

遇见你之前
我从未相信梦是真的
我甚至以为，梦中的人一生都无法迎娶
直到那一天，你像蝴蝶像小鸟飞进窗
让我遇见你

我很清醒
那一刻，正清晨，阳光清新，空气清甜
我倚靠着木窗，看着你
你停在我掌心，望着我
我俩没说话，安静成诗

你曾问过
有一句话
我只问这一次，以后都不会再问
为什么是我
我说
答案很长，我得用一生去回答你

致我与爱人的 22 周年结婚纪念日

2020 年 7 月 2 日

广州

以诗之名

走进书房
取下《以诗之名》，是我想你了
其实，你就在我的身边，就在另一个房间
哪怕你不在，也不会离我太远
因为我能感受到来自你的温婉
哪怕有距离，你也会离我很近
因为我们
都能听到彼此来自心房的声音

但我还是很想你
很想与你近近地、静静地坐着
我想拿起笔，写封信给你
就像徐志摩给陆小曼的信

我的肝肠寸寸的断了
今晚再不好好的给你一封信
再不把我的心给你看
我就不配爱你
就不配受你的爱

想你，就念着你的名

写信，也唤着你的名
此刻，翻着书，读着诗，想着你

伊人，你睡了吗
你的呼吸匀了没
是否走进了甜甜的梦乡
今夜，一切是否
如这静怡的菊
如这皎洁的月
纷至，靠近

其实，你不远
就在我的身边
你的名和影，早已刻在了我的心上
化成另一个我
如果我倦了，我就想你
你那里有我最想得到的安宁

想你，是今生从最初到苍老的等待
每次想你
眼睛都会为你下一场雨
心里却为你撑着一把伞
你说，如果想你了就写诗
你说，如果想你了就写信
以诗之名

2020 年 10 月 3 日
成都家中

带你远行

窗外
是明媚的秋阳
和无尘的蓝天
温润明亮
季节送来了
漂亮的衣裳

今天
美丽的日子，你的生日
虽然今天也会过去，成为记忆
但它已化成我的诗行
永不飘落
永不发黄

这些年
总在远行
我也向你讲过远行的忧伤
说过不想带着你流浪
甚至每次远行，我都想把你忘记
独自去远方

可是
如诗人所说
一次远行，便足以憔悴两颗羸弱的心
离别，总是优雅不起
望一眼，便山水微澜
归来时，更盈满泪光

亲爱的
你是我的晨曦
是我生命长河里的夕阳
是大漠里清脆的风铃
是长夜里那一扇敞着的窗
是房间里那温馨的灯光

你
是我生命里绽放到极致的美丽
你如秋阳般清澈、温婉和明亮
你说，我是你的影
黑暗光明，痛苦欢畅
都在一起，都是一样

想带你去北方
去看浪漫的雪
可一看，就十年异乡
想带你去南国
去看四季花开
可在那里，也常是孤单和忧伤

我说，对不起

你说，你一直都知道是远行不是旅行

我转身，望着远方

你说没事，给你一个拥抱和微笑就好

你说，不急

时间，还长

2019 年 11 月 3 日

广州

第五编

细

语

◇

遥远的信

收到你的来信

你在信中说

你要一个人去旅行

去那座遥远的城市

一个人，走走停停

一个人，看书写信

累了，就数夜空里的星星

困了，就闭上眼睛，与自己对话谈心

你说

遥远的城市，已是秋季

每天都下雨，日子都潮了

你说，出门时忘记了带点厚的衣裳

你说，你有点冷

你说，写信的时候是夜里

你说，夜里的城市很安静

毛毛雨落地的声音，都听得很清很清

收到你的来信

我惊讶不已，仿佛时光倒流

我很激动，就如年轻时的样子

信已寄出了很长时间

害怕你的城市已经进入冬季

你叫我不要责怪你

在那遥远的城市，你不想发短信，就想写信

收到你的信时

我的眼睛，望着邮戳上城市的方向

寻找着，哪一颗星星是你

看着娟秀的字

想起年轻时，曾经一起读过的海子的诗

远方除了遥远一无所有

遥远的青稞地

除了青稞一无所有

更远的地方更加孤独

那时

你说，一定要去远方

你想做远方的忠诚的姑娘

你说，一定要去遥远的城市

你想在遥远的城市遇见自己

你说，哪怕远方真的一无所有

记得我说过要带你去远方

记得我们深情地凝望彼此

那时

我们年轻

记得，海子的那页《远方》

沾满了我们滚烫的泪滴

好多年以后

收到你的信

读完时

也发现信笺上的字迹模糊了

不知道是因为遥远城市的雨，或是我们自己

远方

时间很长，路程很远

装上几件厚的衣服就出发

无尽的铁轨

好像一道划破时光的天际线

穿越广漠的世界

列车在很多城市停顿，不知是否有你的足迹

泰戈尔说

离你最近的地方，路途最远

窗外

无数的风景，模糊不清

呼啸的列车声响中，我只听到了时光的声音

倾斜的阳光

覆在脸上，很轻很轻

遥远的城市呀

你是否有花香小径

我来

牵她旅行

2019 年 9 月 24 日

武汉前往杭州的 G596 高铁上

栀子芬芳

每年六月，我都一定要回成都的家。

每年这时，花园里的栀子花就盛开了，在浸满芬芳的房间和庭院里，或床上小憩，或竹椅静躺，或整理书房，或煮茶静禅，或读书写字……在栀子花花期，陶醉在花香中，满满的幸福和美妙。

成都这几天，温暖如春，没有一点夏天的感觉。

一个人在房间，一枝栀子瓶插便满室生香，如果在花园，只需置身其中，无须靠近花枝，栀子花香就沁人心脾，甚是惬意。

雨中鸡鸣一两家，竹溪村路板桥斜。

妇姑相唤浴蚕去，闲看中庭栀子花。

竹林溪水，鸡鸣犬吠，栀子庭院，蒙蒙细雨，淳朴的村姑在农作中也不忘将栀子花插上发髻，她们的笑语，和着雨声，十分美妙。

炊烟，庭院，美丽的家；细雨，花香，温婉的她。

静静地看着栀子花，守着，想着。

看着它，犹如看着慈祥的妈妈，犹如看着美丽的伊人。我静静地欣赏，静静地守护着，谁也不能侵犯它们的美丽，谁也不能干扰它们的花期。

树恰人来短，花将雪样看。

孤姿妍外净，幽馥暑中寒。

栀子树矮矮的，绝不俊俏，花却如雪，洁白无瑕，香却清新，气味馥郁，如优雅含蓄的少女，从冬末孕育，到初夏绽蕾，次第开放。

栀子花，虽不高傲，却不附流，孤姿开放，不簇不拥，格外干净，蕴寒而来，依暑而开。

打儿时起，我就喜欢栀子花。

首先是喜欢它的白和净，其次是喜欢它的素和雅，喜欢它的清新和馨香，更重要的原因，是它很早就走进了我的生活，走进了我的世界。这些年，无论何处，每逢它的花期，我都无限向往，它如同我深爱的人，已经成为我的执念。

家乡的土地很贫瘠，夏天时，几天就会把庄稼晒得无精打采，勤劳而聪明的家乡人就在那片土地上种了许多栀子树。家乡的栀子树，虽然也开栀子花，却是以采果做中药材的品种，并非观赏花。栀子果有红色的，也有黄色的，是清热泻火的药材，古代女子也用它来打扮，所以才有"于身色有用，与道气伤和"的诗句。

在栀子果成熟后，乡亲们把它采摘晾干，拿到集市上卖给收购站，换来一些收入，也算是那个时代的一种经济作物。

所以，儿时的栀子花虽然美丽，却不能像今天这样采摘欣赏。调皮采摘的孩子会被长辈们批评，有的还会遭受枝条教育。

但正因这样，栀子花在我的记忆里更深刻，更让我迷恋此刻，我静静观赏，虽因美心动，却不伸手去摘，就是受了儿时的影响。

儿时，漂亮的妈妈不知道从哪里寻来一棵栀子树，种在了房屋旁的荒地（川东地区对只能栽竹木果树、不能种菜种粮的土地称呼）。

妈妈种的栀子树，就是今天的观赏品种，只开花不结果。到了第二年，开了很多花，花朵又白又大，气味尤其芳香。

花开的季节，一家人坐在树旁，爸爸和我们几个小家伙坐在石板上，妈妈则优美地坐在凳子上。

妈妈问："漂亮吗?"

我们几个小家伙乐呵呵地说："漂亮。"

爸爸在一旁说："漂亮是漂亮，就是不能卖钱。"

妈妈说："你就只知道钱。"

爸爸说："没有钱，咋过日子？"

妈妈说："光有钱，是啥日子？"

一家人乐着，如栀子花般温馨。

妈妈会摘一些送给跟她要好的女孩，还会放一些在我们的床头，也插几朵在玻璃瓶里，放在我们吃饭和写作业的八仙桌上，那时的家，芬芳十足。

后来，长大了，考上了大学，离开了家乡。

再后来，遇见了爱情，与爱人一起组建了小家。成家的时候，经济还不算宽裕，但我与爱人选择了一套大大的房，上面有一个大大的屋顶花园。

爱人和妈妈一样，也爱种花，虽然种花的水平还不十分高，但我们的家一年四季从不缺芬芳。我不会种花，但我深爱种花的人，深爱有花的家，深爱其中的每一朵每一瓣。

家中花园有许多花树，也有许多盆栽。

春天，满园的三角梅，虽在城市高楼耸立，但远远的，我就能告诉你，那红红的就是我的家。

秋天，金桂银桂，争艳开放，每天清晨，撒落一地，拾起晾干，做成桂花糕，泡成桂花酒，无比安逸。

冬天，红梅花开，花蕾不多，花瓣不大，香气也不浓，但这些都无关紧要，在荒芜而寒冷的冬季，家有花开，就很美好。

还有黄桷兰、月季等，四季均有花期，从不间歇，尤其是黄桷兰，常年都有香喷喷的花期。但我最爱的还是栀子花。我与爱人以及我妈妈对栀子花都有天性而成的爱。打开家中房门，一股清新的栀子花香就扑面而来，这花香早已熏染了我们的家，使我们深深地浸沁其中。

家中的栀子花如期开放着，最美的身姿，最美的芳华，这个季节，它如妈妈，如爱人，是花园里至高无上的主宰。

绿叶衬着它的身体，托着它的脸庞，雨水滋润着它的眼睛，装扮着它的容颜。它栖在树枝，藏在叶间，躲闪开放，每一朵都清丽可爱。

无数个栀子花期，一家人在花园里打闹、蹦跳、嬉笑，幸福美妙，温馨甜蜜。

爱人拾弄着栀子花，骄傲地说："咋样？"

乖巧的孩儿说："像妈妈一样漂亮。"

我也说："非常漂亮，拿到街上能卖不少钱呢。"

爱人生气了，说："你就只知道钱。"

我笑嘻嘻地说："没有钱，咋过日子？"

爱人生气地说："讨厌，光有钱，是啥日子？"

想到这段，突然觉得，这仿佛是栀子花期的时光轮回。

多少年过去，栀子花还是那样清新美丽；栀子花下的对话，还是那样亲切温馨。可是，光阴飞逝，开着开着，我们就告别了青春，告别了家乡的土地；开着开着，孩子就长大了，我与爱人的额头也驻上了皱纹。

天空下起了密织的雨，街灯慢慢亮起，远处的街道传来了刘若英的《后来》：

栀子花，白花瓣

落在我蓝色百褶裙上

爱你，你轻声说

我低下头，闻见一阵芬芳

2019 年 6 月 20 日
成都双流机场

被风吹过的夏天

还记得昨天，那个夏天
微风吹过的一瞬间
…………
蓝色的思念
突然演变成了阳光的夏天
空气中的温暖不会很遥远
冬天也仿佛不再留恋

很少听林俊杰的歌，但这几句特有画面感，所以很喜欢。月静莲幽的北方夜晚，一江浑河水静静流淌，此刻城市宁静，夜风柔软，时光匆匆，转眼又到夏天。

我曾在沈阳城生活多年，几年前迁徙到广州，让我与沈阳这座城市之间产生了距离感。虽然也常来，但每次都是在酒店、机场和车站之间穿梭停留，少了往昔有家时的烟火气息，便慢慢地生疏起来，每次来，都有一些当年初到沈阳的异乡感。但无论如何，这座城市于我有很深的情结，有无数令人动容的时光。

风景在远方，这是对远方的憧憬。为了这份憧憬，我们总会远行。

但最美的风景总在熟悉而温暖的地方，如家乡或母校。安然于一杯茶、一张桌、一本书、一盘蝉香、一树花开，用纸笔写流年，把向往变成文字，心中便拥有了远方。心虽小，却可邂逅春秋，世间的风景，其实都长在心里，心有多远，风景就有多远。

我喜欢汪国真的诗，但我不太喜欢《旅行》中的"到远方去/到远方去/熟悉的地方没有景色"这几句。有人说，旅行是洒脱的，我却说旅行有时是在疗伤；有人说，窗里人孤独，我却常说心静之人不会孤独，更不缺风景。

心底温暖，时光就是风景线，自己就是风景。最美的风景，在心灵深处，在当年那月，在想念之时。风景与时光是一组美好的词，令人向往，也令人迷恋。

风景如花，错过了花期，来年还可遇，但时光走过了就错过了。

工作完，回到酒店，独坐窗前。

因为新冠肺炎疫情，好久未到沈阳。此刻窗外，灯火、弯月和繁星倒映在沈城的浑河上，让这座城市既灵动又静谧。

突然，想到曾经居住多年的地方转转，夜幕虽深，但按捺不住。

北方的夜晚特别安静，曾经的小区也不例外，静得听得清人间的熟睡和大地的呼吸。站在楼前，一层一层地数，直到数到那扇窗，窗里已熄了灯。那扇窗，在月光之下，甚是安宁，我仿佛回到了当年，仿佛看到了爱人与孩儿的身影，还有当年伏案工作和写作的场景，久久不舍离去。

沿着往昔晨跑的绿道慢慢地走，月儿悠缓地在林间躲藏。

在这林荫小道，我曾写下《清晨，懂你》；那池荷莲，已成了芦苇荡，在池上小桥处，我曾写下《晚霞中的男孩》；那丽水湖，依然骄傲地静躺在松山怀里，与星月亲昵着，在这库水边，我曾写下《夏月悠悠》；那槐林道，三千多个清晨和黑夜，陪着孩子从懵懂走到青春，在槐树下，我曾写下《槐花时光》……

那些年，一家三口，执手相牵，相依相随，访春花与冬雪，追流水与嫣红，十年异乡，也温馨美好。

此刻，夜轻月淡，此刻时光，就像这风，吹过了无数春秋，含着岁月馨香，停在某个角落，等着我再来。

在爱得深沉的地方，我自由地思想，身体无比通透。

一滴夜露，落在手心，如玉沁凉，它告诉我，已凌晨，该走了。

我深爱的地方，我走了，来时没有问候，走时也不与你说再见。

绿色的思念

挥手对我说一声四季不变

不过一季的时间

又再回到从前

那个被风吹过的夏天

2020 年 7 月 29 日

沈阳

第六编　文　城

每个人心中

都有一座城

就像每个梦都有远方

远方，面朝大海，春暖花开

诗人的城叫文城

文城在哪里

诗人说

总有找到的日子

我和世界

我和世界
从不熟悉，甚至感到害怕
例如弱小与饥寒
但我依然矫情地到来
因为我渴望见到
母亲的微笑
父亲的眼睛

我和世界
从不熟悉，甚至感到陌生
例如孤独与忧伤
但我依然深沉地呼吸
因为我热爱自然
天地的辽阔
山川的深沉

我和世界
从不熟悉，甚至感到慌张
例如疾病与痛苦
但我依然茁壮地成长
因为我憧憬美好

家乡的风景
山外的风云

我和世界
从不熟悉，甚至感到彷徨
例如失败与失去
但我依然竭力地奔跑
因为我向往自由
无垠的道路
无尽的前程

我和世界
从不熟悉，甚至感到悲伤
例如衰老与死亡
但我依然勇敢地前进
因为我初心不灭
炙热的生活
坚实地践行

我和世界
从开始到现在，都这样的不熟悉
但我从来不会退缩、绝望
我的身后，有故土的叮咛
我的前方，有信仰的光明

2021 年 1 月 9 日

成都家中

我

我的臂膀很强，它
托得起嘱咐
托得起责任
托得起爱情的所有力量
可它又很胆小
遇见时，都不敢把你揽入怀抱

我的脚步很长，它
走过了天涯
走过了海角
走过了世界的许多角落
可它又很细小
惆怅时，却走不完家乡的小道

我的眼睛很亮，它
看见了时光
看见了风月
看见了一年四季的风景
可它又很窄小
委屈时，连一滴泪水都装不下

我的心很大，它
装下了思想
装下了使命
装下了人生的全部理想
可它又很弱小
想你时，连一点心思都藏不住

2018 年 10 月 30 日

天津

清简时光

五一假期，买几束花，插在房间，打开窗，雨前的风，吹着窗纱，把花香带到了室内的每个角落。

清简时光，舒缓流淌，煮壶水，沏杯茶，读宋词风骚，品宋时光景，在时光的阡陌上与千年尘世的故事邂逅，把平凡的岁月过得充满诗意。这样的时光，看什么书不重要，重要的是看书时的心境。

时光长河里，你我都只是一叶漂浮的小舟，永远不知道将要发生什么，到头来努力追寻的或许只是一处短暂安宁的港湾。就如船只，港湾再好也不可能长久停留，它生命的意义就是远航。就如这套房子，于我也不过是人生的一处停泊地，想明白了，读书就成了此时最快乐的事。

喜欢宋词，因为它如幽深的长巷，一字一句都有故事与情愫。

文字本无言，写下便多情，间隔千年，静心阅读，便如生了缘，仿佛渡口处的遇见，它如一位女子，轻盈地向我走来，抵达我的视线，进驻我的心房。

云中谁寄锦书来？雁字回时，月满西楼。
花自飘零水自流。一种相思，两处闲愁……

几百年前的某夜，月光皎洁，李清照以水墨文字写成诗书。
深秋月夜，枕席沁凉，孤零柔弱的李清照仰望着窗外的月，渴望收到夫君的家书，焦心地等着他的归期，久久无法入眠。

秋天的大雁，成群地排着人字飞回南方，月洒西楼，花自飘零，深秋的水独自漂流。孤弱的李清照独自望月，长长思念，有谁挂牵？可她依然坚信，千里之外的某地，相同的忧愁也会缠绕在她夫君的心头。

忧深情长的文字，愁情满怀的女子。

窗外之月牵着她的目光，她的心底结下了更深的愁，但她相信，她的爱如莲花，会如期盛开；她等待的人，正在千里之外披星戴月地归返。

李清照，大家闺秀，旷世才女，出身于名门世家，浸书染香，温婉娴静，儿时入汴梁，阅尽京之华。

赵明诚，丞相之子，翩翩公子，风流名士，江宁知府，前程似锦。

正值芳龄的清照遇见风华正茂的明诚便缘定三生，在彼此最美的年华里度过了一生最美的时光。日常里，他们情投意合，相亲相爱；灯座前，他们倾心而依，相敬如宾；闲暇时，他们赏花赋诗，互欣互赏……女子与少郎，如琴瑟和鸣。

时光可轮回，但不会重叠，时光折回之处，故事发生了变化。

清照既是一代才女，也是多愁善感的女子。美丽的女子在最美好的年华绽放了花蕾，却错过了花期，长长的等待换来久久的未归。她的青春被枉费，她的情愫渐渐惆怅，无法释放，如尘埃缥缈，如月光凄冷，如黄花消瘦。

心高的赵明诚，牺牲了爱情，最终也没有实现抱负，在即将升迁时，官场出现了党争和叛乱。关键时刻，赵明诚没有表现出成大事的果敢，而是选择逃亡。清照知晓了原委，倍感羞辱，她没想到丈夫竟是如此的贪生怕死。

船至乌江，百感交集，清照写下了"生当作人杰，死亦为鬼雄。至今思项羽，不肯过江东"的名句。赵明诚愧悔自责，不久寡欢病寂。

　　旷世才女的此后人生如一枚霜叶，在秋凉冬寒中无依无靠，漂泊寡居，清贫饥寒，如凋零的花，如冰冷的月，如一塘残藕，独自过着冷清的晚年，如荷花枯萎腐烂于泥，落尘于江南。

　　生活，给了清照美丽的开始，也给了她悠长的愁怨，给了她惨淡的生命终点，可她一生都没有懦弱，不但为才华品格之楷模，其对爱情的坚守也被世间赞叹，她在人生舞台上坚强地书写着自己。

　　虽然她对明诚失望不已，但她从未遗憾为其妻，在苦楚的晚年，她花了两年多的时间，艰辛地校勘整理丈夫的遗作《金石录》，表进于朝。

　　流光容易把人抛，红了樱桃，绿了芭蕉。锦瑟年华，曾与同度，何必叹息？繁花如雪，春光如海，所有生命之灿烂，在相逢时没有召唤，离开时也无须诀别，一切落地生尘，平淡的皈依就是幸福。

　　窗外下起了雨点。

　　一段宋时光，试问闲愁几许，一帘烟雨，满城风絮。再读一段清照晚年流落江南，在国破家亡之际写就的《声慢慢》，肺腑深情，溢于言表。

　　寻寻觅觅，冷冷清清，凄凄惨惨戚戚。乍暖还寒时候，最难将息。三杯两盏淡酒，怎敌他、晚来风急！雁过也，正伤心，却是旧时相识。

　　满地黄花堆积，憔悴损，如今有谁堪摘？守着窗儿，独自怎生得黑！梧桐更兼细雨，到黄昏、点点滴滴。这次第，怎一个愁字了得！

2021 年 5 月 2 日
广州

那年也是雨后

十月十六日清晨，浙江林城小镇。

推开窗户，一股又凉又湿的风吹了进来。时间过得好快，一转眼秋意已浓。

窝在床头，靠枕翻书。

沈从文的《雨后及其他》，是昨日出发时从书房取的，随身带着打发一些旅途闲暇时光。取它是随机的，但前几年购买时却是真心喜欢，成都家中已有几套不同时期的版本。

第一次读《雨后》，是在初中二年级。那年秋天，不知疲倦的雨下个不停。某个周日，太阳终于出来了，在土坡上的油桐树下，少年捧着《沈从文文集》，但因年少读不太懂。

儿时，除了书，没什么能让我们了解世界。20 世纪 80 年代初，在川东大山沟里能有书看就像得了宝贝一样，沈先生这类大文豪的书籍更是宝贝中的极品。

秋天，焦黄的油桐叶落满一地，经太阳一晒，脆脆的，赤脚走在上面感觉身体与大地连通在一起，躺在上面更是有说不完的妙趣。

秋收之后，田野里没有了庄稼，满是雨后的新芽和枯萎的野草，放牛娃把牛儿赶到山坡一丢，它就会乖乖地吃上一个下午，直到暮归。黄毛牛儿在黄色的田野上自由地舔草，偶尔抬头"哞哞"几声。少年捧着小说，靠着树干看了起来，纷尘不扰。

儿时的家乡，每户都会种油桐树，它是具有家乡情结的植物。春天，油桐花开，雌雄同株，花叶同开，其香不妖，但花朵很大，瓣儿如雪，脉纹淡红，有梨花之雅。油桐花开满山坡，成了家乡的一道美丽风景。

端午和中秋，家乡人会用其叶包泡粑（一种川东特色小吃），淡淡的油桐叶香和浓浓的米糕甜味，于舌尖无比诱惑。

其果圆绿，其浆很黏，其味很涩，成熟时带红晕，老人讲"城里下来的知青，说农村苹果不好吃"，每每讲到这，乡亲们总是开怀大笑。九月，果实成熟，摘下来，装进袋子捂些日子，果皮腐烂后用镰刀剥掉外皮，取出果仁晾干，再卖到供销社，会有很大的一笔收入。其果仁可榨出桐油，既可点灯，也是重要的工业用品。

如今，家乡的油桐树已被砍伐，偶有几棵，但再无用处，很是落寞。

"牛跑啦！"

忘我之中，听到声音，少年"嗖"地起身，准备找牛。两个姑娘背着背篓，笑呵呵地站在眼前，一个是学姐，一个是同学，虽是邻村的，但私下很好。

学姐说："吓你的，你的牛在坡下吃草，好着呢。"

少年说："你们割猪草呀，咋走这么远呢？"

学姐说："没啥事，到处转，不欢迎呀？"

同学问："诗人，看的啥？"

少年说："《雨后》"。

她俩问："啥？"

显然，她俩不知道这本小说。少年解释道："沈从文的《雨后》，下雨的雨。"她俩也不知道沈从文，只是傻笑。

学姐问："好看吗？"

少年点点头。同学问："可以让我们一起看不？"于是，那棵油桐树下变成了三个孩子和一本书。

"我明白你会来，所以我等。"

"当真等我？"

"可不是。我看看天，雨快要落了。谁知道这雨要落多大多久。天又是黑的……这里树叶子响得怕人，我不怕，可只担心你。"

她俩认真地读着，轻发着声，声音细软，很好听。

四狗笑。四狗不答。他不说从家中来，她便明白的。

他坐到那人身边去，挤拢去坐，坐的是些桐木叶。

她俩读到这段，有些停顿，或许是在思考。少年不好意思盯着她俩，便拾起了一片油桐叶，拿在手里把弄起来。

她把围着四狗的腰的两只手放松了，去采地上的枯草。

"我告你，我也总有一天要枯的，—— 一切也要枯，到八月九月。我总比你们枯得更早。"

四狗，莫名其妙。他说道："我的天，我听不懂你的话。"

"我也不一定要你懂，你总有一天懂的。"

少年觉得她俩读得很像电影里的对白。

她俩读到"你总有一天懂的"，少年听着，感觉很亲切很享受，好像是文中的她在与少年说话，也好像是她俩在笑话少不更事的自己。

十三岁的少年虽然看不太懂《雨后》，但觉得很美，美得纯粹，美得明净，没有杂质。

"请你念一句诗给我听。"因为她读过书，而且如今还能看小说，四狗就这样请……

说是请念一句诗，她就想。

念深了又不能懂，浅了又赶不上山歌好，她只念："落花人独立，微雨燕双飞。"……

四狗说这诗好，——不是说诗好，他并不懂诗，是说念诗的人与此时情景好罢了。

她俩读到这句，也抿嘴笑了，望了下少年。少年知道她俩为什么笑，但少年的注意力早分散了。此刻的少年，或许在臆想自己是四狗，而她俩是书中的那个她。

她却笑。望四狗，身子只是那么找不到安置处，想同四狗变成一个人……

他仍然不松不紧的在她面前缠，则结果她将承认四狗在她面前放肆是必要的一件事。四狗坏，至少在这件事上是坏的，然而这是有纵容四狗坏的人在……

头上是蓝分分海样的天，压下来，然而有席棚挡驾，不怕被天压死。

读到这，她俩的声音小得不能再小了，小得听到了她俩有些急促的呼吸声，少年有些不知道发生了什么，但也感到心跳有些紧促。

然后，她俩停下了，互相看了看，站起身，说："我们回去吧?"转过身对少年说："你也早点回去，天快黑了。"

少年看到她俩的脸庞如初秋时油桐果上的红晕，在夕阳和晚霞的衬托下更加迷人。

少年说："好的。"

同学说："诗人，把书借给我俩吧，过几天还你。"

少年未看完，有些不太情愿，但还是同意了。然后看着她俩远去的背影。

四狗得了些什么？不能说明。他得了她所给他的快活……她也得了些，她得的更不是通常四狗解释的快乐两字。四狗给她一些气力，一些强硬，一些温柔，她用这些东西把自己醉，醉到不知人事。

少年再看《雨后》这段，是在那天的一年后，拿到初中毕业成绩单时。

那天后的某个晚上，她俩在被窝里打着手电筒偷偷阅读，小说被老师没收了，学姐诚恳地写了张小纸条，把遗憾的消息告诉了少年。直到毕业后老师退还时，少年才读完了那篇《雨后》。

多年后，少年成了男人，但每每想起油桐树下的那一刻，脸庞仍然会泛起红晕。因为这段故事，少年的书房多了几本沈先生的作品。

沈从文的《雨后》，少年读了无数次。每次阅读，少年不但很享受，也很感动。每次阅读，少年好像回到了天真烂漫的年少时光，好像听到了她俩的轻读声。

我明白你会来，所以我等。

当真等我？

合上《雨后》，窗外，雨下得更密了。

2020 年 10 月 16 日

浙江林城小镇

梦中的橄榄树

真正的快乐，不是狂喜，亦不是苦痛，在我很主观地来说，它是细水长流，碧海无波，在芸芸众生里做一个普通的人，享受生命一刹间的喜悦，那么，我们即使不死，也在天堂里了。

很多年没读三毛的书，今夜再次读起。

生命不在于长短，而在于是否痛快地活过，读着三毛的这些语句，在安静的夜里，有些久违，也有些心痛。

三毛离我很远，但也离我很近，就一页纸一行文字的距离。

我上大学的学校就在她儿时的城市。年少时，特别喜欢三毛的文字，1991 年大学一年级寒假，也就是三毛离开世界的那个月份，我去了她的出生地——重庆南岸区黄桷垭小街，以我自己的方式，走了一段三毛的路。

三毛用无止的漂泊，诠释了她对爱与自由的理解；用不羁的情怀，书写了她对人生的困惑。

她洒脱坚强，自由独立，携着纸笔和情感，便穿越了一世红尘。她是一个浪子，喜欢适度孤单，独自栖息在风尘滚滚的撒哈拉。但她也是一个爱情的信徒，在爱情面前她藏不住喜欢，藏不住哀愁。

每想你一次，天上飘落一粒沙，从此形成了撒哈拉。

每想你一次，天上就掉下一滴水，于是形成了太平洋。

如果有来生，要做一棵树，站成永恒，没有悲欢的姿势，一半在尘土里安详，一半在风里飞扬；一半洒落阴凉，一半沐浴阳光。非常沉默、非常骄傲。从不依靠、从不寻找。

二十四岁的三毛，只身一人在西班牙，在马德里的圣诞夜，一个英俊少年端着礼物出现在她的面前，化解了她的异乡孤独，她的心在那刻皈依。

少年叫荷西，还是高三学生，懵懂但勇敢，他向情窦已开的大三年级的三毛直白地表达爱意。那时的三毛不在乎钱，他们也没有钱，哪怕一场电影也只能靠积攒的生活费，没钱时他们在街上游荡，甚至到皇宫垃圾箱里寻找富人丢弃的杂物，但心是快乐的。

三毛不单喜欢荷西英俊的外表，更喜欢他火热的性情，这也与三毛的率真相符。但或许，三毛喜欢的不是荷西，而是荷西带来的爱情。但在荷西心里，这是他的未来，他渴望与三毛厮守一生，终日痴迷于三毛，日日旷课，荒废学业。所以，他俩的分离早已注定。

荷西说：再等我六年，让我念大学、服兵役，六年以后我们结婚。

三毛说：你从今天起，不要来找我了。

三毛回了国内，她想用转身去忘记。但爱情太复杂，离开深爱的人，心会空荡无着落，她内心强烈地等待着那个在生命中有特殊意义的人。几年后，二十九岁的三毛返回了西班牙，三毛没讲返回是因为六年之约，但所有人知道是因为荷西。

在朋友家，三毛被荷西拦腰抱起，旋转在空中，三毛感受到那熟悉的气息。不久，三毛便与荷西结婚了。

荷西是潜水工程师，经济上并不宽裕，甚至拮据，三毛也曾陪着荷西到岛上生活。荷西也深爱着三毛，在三毛查出子宫瘤后，他辞去工作来陪她。三毛享受这份爱情，可不久，荷西在工作时永远地沉到了大海，再也没有回来。荷西把三毛孤独地留在了撒哈拉。

不要去看那个伤口，它有一天会结疤的，疤褪不掉，可是它不会再痛。

有些人会一直刻在记忆里，即使忘记了他的声音，忘记了他的笑容，忘记了他的脸，但是每当想起他时的那种感受，是永远都不会改变的。

字里行间，我读到了三毛失去荷西的深痛无助和不知所措，她想忘记，却成了心中永恒的痛。此刻深夜，我读着三毛的作品，回想起1991年看的电影《滚滚红尘》，我依稀感受到了她的孤宁。

两年后的1981年，三毛回到了台湾。

三毛已不再撕心裂肺地去回想疼痛的岁月，正如她的《橄榄树》唱道："不要问我从哪里来，我的故乡在远方。为什么流浪，流浪远方。"直到1989年，三毛在《台湾日报》上读到关于歌曲《在那遥远的地方》的报道，报道说这首歌的作者扎根大西北六十年，在年少时邂逅过一位姑娘，他用真挚的情感谱写了这首名曲，并用歌声消遣了二十七年的牢狱。

三毛按捺不住心中的向往，在拍摄《滚滚红尘》期间，历经波折到乌鲁木齐拜访了王洛宾。老人带她走马天山，涉足大漠，给她讲每首情歌的故事，三毛爱上了老人，这是荷西离开后，三毛唯一的际遇，三毛的心中泛起涟漪。

那一年，三毛四十七岁，王洛宾七十七岁，极大的代沟，但他们有数不尽的话题、道不完的喜欢，他们仿佛似曾相识、相见恨晚，快乐而默契。

但年龄的鸿沟最终让王洛宾犹豫了，他没有了十八岁的勇敢，怎敢去拥抱年轻热情的三毛呢？他终如大海般平静。虽然三毛不认为这是爱的桎梏，但她也说不清，对这位已快八十岁的沧桑老人，自己是怎样的一种喜欢?

三毛对王洛宾说:"秋天我一定再来看你,你一定要给我写信哦!"

王洛宾在回信中说:"萧伯纳有一柄破旧的阳伞,早已失去了伞的作用,他出门带着它,只能当作拐杖用。我就像萧伯纳的那柄破旧的阳伞。"

三毛回信责备王洛宾:"你好残忍,让我失去了生活的拐杖。"

王洛宾的自嘲让三毛非常失望,她不再满足于书信来往,她舍不得彼此再天各一方地独自忧伤。她如约再次来到乌鲁木齐,直接住进了王洛宾的家。她穿着特地在尼泊尔定做的、精心准备的藏式衣裙。三毛知道,王洛宾曾经为俊俏的藏家姑娘缔造了传世名曲《在那遥远的地方》,她想亲自再次唤醒老人年轻的心。

王洛宾的内心挣扎着,对于上天馈赠的这段情感,虽近在咫尺,但他终是没敢接过这枝橄榄。三毛也渐渐明白,王洛宾只是她生命中的过客,一厢情愿,只会让彼此失去安然,她的热情已经激荡不起已经深重的心灵。

三毛在王洛宾的吉他琴弦上放下了一枚发夹,悄悄地离开了。爱情女子与情歌王子终究交错于无法重叠的时空。

王洛宾珍藏起发夹,并为三毛写了歌曲《幸福的 D 弦》。

三毛走了,王洛宾终日烈酒麻醉,一次次沉溺在痛苦的海洋,他曾经以为会再重逢,会有机会当面说一声对不起。但那一次挥手成了诀别,那一声叹息是三毛在人间的最后一丝哀愁。分别后的一百二十一天,三毛选择离开这个世界,走在了他的前面。

我不知道三毛为什么轻易地终结了芳华。或许是不想辜负情愫,或许是不想辜负余生,或许是疲于流浪了。但一切缘由,对于已经远去的三毛毫无意义。

三毛走时,没有一个人在身边,她没有留下一言碎语。

　　1991 年，我尚且年少，很难理解三毛对一个孤独的、已经没有勇气再接受一份爱情的老人产生了一份火热的、深刻的爱情。那时，我只会唱《橄榄树》。或许一切只是文学与音乐在心灵上的相依。

　　二十七年后的今天，我还是读不懂，依然无法抵达她的世界。或许，这就是这几十年我没有再读三毛文字的缘由。

　　今夜，读着王洛宾老人的最后一首情歌《等待》，我流下了眼泪。这首歌，三毛没听过，我也从未读过。但此刻，我读了又读。

　　　你曾经在橄榄树下等待再等待

　　　我却在遥远的地方徘徊再徘徊

　　　人生本是一场迷茫的梦

　　　莫将我责怪

　　　莫将我责怪

　　　为把遗憾赎回来

　　　我也去等待

　　　每当月圆时

　　　对着那橄榄树独自膜拜

　　　你永远不再回来

　　　我永远等待等待等待

　　　等待你回来

2018 年 9 月 30 日
成都

被你温柔以待的我和文字

此刻，办公室里，阳光穿透玻璃墙，落在薄衫上，身体暖洋洋的，心里也是暖暖的。

时间好快，新年的第一个月转眼就快过完了，却一点痕迹都没有落下，就像此刻这阳光，虽是满满的，但它不会为我落下什么，哪怕是一点尘埃。我站起身，深吸一下，空气很湿润，也很清新。

时光中的我，就这样沐浴在冬日的午后阳光里，直到微信铃声响起，是你发来了消息，消息很短，字也很少。

你说："诗人，忙吗?"

我说："咋的呢?"

你说："问一下。"

你说："你很忙吗?"

我说："说不忙是假话，但细想，好像什么事都没有办成。"

你说："都这样。"

我说："你好吗?"

你说："老样子，好久没看到你在朋友圈发文章了。"

我说："没人看。"

你说："谁说的?"

我说："你看吗?"

你说："我还点赞转发呢。"

我说："谢谢哈!"

我们笑了，但没有声音，只是一串微信笑脸，有开心的、捂嘴的，也有坏笑的。互联网时代，想听到笑的声音真的越来越难了。

朋友，我知道你笑了，因为我也笑了。但我听到的笑声都是想象的，都是记忆的回声，我听过那些年你的笑，所以能想起。这样想，我们都好像是微信里的智能机器人，有些无聊。

因为你，我冬日午后的时光潋滟了，所以要谢谢你。

我感觉到，因为文字，我被你、被他、被很多人温柔以待。我们简单的对话，让我仿佛回到了纯真年代，回归纯真的自己。

我们都生活在一个快速遗忘和注销的时代。

无数曾经要好的、天天在一起的你我他，如今还有多少会联系或在联系？还有多少会被对方想起？还有多少人，在你想起那一刻，能让你拨通电话或发条短信？还有说不完的话？于是，我们选择了少联系。我们忘记了对方，也在对方的世界里注销了自己。

年初，几位同事共进午餐，回忆过往，交流生活，展望未来，谈到"朋友"一词，气氛很热烈。

我说："交朋友大凡信誓旦旦豪言壮语的，大都不值得交往，很快就会离场。而有的人虽然与你只有一杯茶、一句话、一个微笑的交流，却有可能成为朋友。"

小伙伴们东一句西一句地不断对我进行灵魂拷问：

"曹总，你有好朋友吗？"

"曹总，你有知己吗？"

我说："没有答案。"

他们问："为什么？"

我说："谁敢说有知己，哪怕觉得有，追问三遍，还坚定吗？"

那一刻，热闹的我们安静了。安静绝不源自淡定，而是源自思考后的沉默，因为我们都经不起问三遍。

小伙伴们问："曹总，你认为好朋友和知己有啥区别？"

我说："好朋友是身体，知己是灵魂。有好朋友你会踏实，有知己你会幸福。"

判断一个人是不是知己，就是与他一起时，你是否还能自由、自如、自在地做自己。与他在一起，你是否会变得不是自己，有些掩饰；是否会变得不从容，有些拘束；是否会变得不自在，很有压力？其实，真正的知己是我们自己。

坦然思考，我们自己都有不完美的地方，又何必对朋友关系如此要求完美呢？

有人问我："为什么写诗？"

我说："为了肉体和灵魂。"

我所从事的工作，每天都在为既定的目标奋斗不止，通过写诗，能让我从繁忙中静下来，能让身体得以休息。同时，写诗任由个性和心魂，能让我做自己的知己。

一个人，要做自己的朋友，更要做自己的知己。否则，何来朋友，何来知己？做到了，至少还有自己。

"诗人，忙吗？"

你的这一句问候，让我敲下了这么多文字。

我总相信，我和这些文字总会被一些人温柔以待，比如你，比如这冬日午后暖暖的阳光。

2021 年 1 月 28 日
广州

第六编
文城
◇

199

读过书的人

航班又晚点了，但我不着急，因为习惯了。

出发时就已起风，天气预报也说今天有大雨，心里有了肯定晚点的预期，于是很淡定。换好登机牌，安检后找个小店，一碗担担面，两碟小菜，三串麻辣烫，味道很不错，心情很轻松，发了条朋友圈动态，朋友说"正好适合诗人写诗"。

于是，打开电脑写文字，享受安静的候机时光。

这些年，因为工作，常接触一些素不相识的人，他们爱说："一看你就是读过书的人。"

我笑着说："是因为我戴眼镜吗？"

他们说："戴眼镜的多了。"

我说："是我白发多吗？"

他们说："不是的。"

我说："你看过我的文章，还是读过我的书？"

他们说："没有。"

生活，其实就是彼此闲聊，然后各自乐在其中、各得其所，想太多就无趣了。

这些年，我只说自己是农牧营销人。

营销是我的工作，以此赚钱养家；农牧是我的舞台，以此经营事业。在现实与工作中，自己收获了很多，也变了许多。但也有从未改变的，就如看书，这些年从西南到东北再到南下广州，无论在哪，有居便有书，再忙再晚，也要翻翻，看上几页，读上几行，每天坚持，每月总能看上几本书，常年如此，便有了几间书房，有了些藏书，家里也有了些书香味。

我曾说，五十岁后再买套大一点的房子，不设厨房，不生烟火，只守书香。朋友们说我开玩笑，但我真这么想，我一直向往一处干净安静的居所，只有伊人与书香，此生足矣。

听到"读过书的人"的评价，虽受之惭愧，但并不反对，且觉得心里美滋滋的。

读书会进驻容颜，许多时候，我们可能以为曾经看过的书都会成为烟云，不复记忆，没有意义，其实它一直潜藏在我们的气质里。

人的天性犹如野生花草，读书好比修剪移栽，读书是修行修心最好的途径。

我的家乡有句"种地要养猪，做人要读书"的顺口溜。虽然只是一句顺口溜，但真真切切，把读书与做人联系在了一起。我的家乡虽是一个小村庄，也在山坳里，但每年高考都有好几位考上理想大学的学子，出了很多读书人。这句话是父辈铭刻在我身上最朴实、最珍贵的教诲。

今天，时代繁荣，我们的物质生活已经很丰富，但到头来发现一直为之打拼的富贵并不是梦想的全部，甚至不该是我们的追求。于是，大家开始谈论读书，读书成了一种时尚。

朋友说："帮我推荐几本书吧，我也读读。"

我说："没这么复杂，读什么书，读多少，不必勉强。看或不看，完全取决于是否想读，强迫自己阅读很难感受到读书的美妙，何来日复一日成为习惯？"

所谓好书，就是在某刻，如一道闪电，击中了心海，使记忆、思绪、灵魂泛起涟漪、激起浪花。

读书无高低，再好的书也写不完世界。我只选择读得懂的，也只把读书当爱好与习惯。

　　年轻的时候，以为不读书不足以了解人生，直到后来才发现如果不了解人生，是读不懂书的。读书的意义大概就是用生活所感去读书，用读书所得去生活吧。

　　杨绛先生的这段话，说透了读书与生活的关系。

　　读书如果非要与增长知识、提升能力，甚至与赚钱联系在一起，真不是一件容易坚持的事。读书真正的意义，在于它能让我们成为一个有温度、有情感、会思考、懂得真善美的人。

　　书读多了，世界就大了，我们的内心也会变得美好，我们就会更积极、更宽容地去拥抱时代，去接纳社会的复杂与美好，去遇见更好的自己。渐渐地，容颜与气质就会发生变化，世界也会发生变化。

　　《红楼梦》很多人都看过，我也看过多次，但从没完整读完。年少时，阅历不够，感悟不到，读着比较吃力。后来，读得懂了，但要把一百二十回细看，也不容易。但看过几次，总记得一些。

　　书中有个女子，名甄英莲（真应怜），是《红楼梦》中第一个登场的女性人物。四岁看元宵花灯，因家奴霍启（祸起）没看护好，被人拐走，后被卖到薛家改名香菱，是金陵十二钗副册女儿。一日，香菱读到王维的诗句"渡头余落日，墟里上孤烟"，感叹道：

　　我们那年上京来，那日下晚便湾住船，岸上又没有人，只有几棵树，远远的几家人家作晚饭，那个烟竟是碧青，连云直上。谁知我昨日晚上读了这两句，倒像我又到了那个地方去了。

　　或许，这就是杨绛先生所说的"用生活所感去读书，用读书所得去生活"吧。如果没有经历，何来香菱对诗句的深刻感受？如果没有阅历，只是干瘪瘪地背读几句诗，意义又何在呢？

《红楼梦》中女子甚多，但大致分为两类，一类是黛玉、妙玉、晴雯等高冷僻傲类，另一类是袭人、宝钗等世故练达类，她们都是书中极尽描述之人。但曹雪芹为什么还特地塑造了命运多舛却性格温和的香菱呢？

曹雪芹用了不少篇幅详写香菱学诗入海棠诗社的故事，并附有"精华欲掩料应难，影自娟娟魄自寒"的精妙诗句，以此凸显香菱天生的书香气质。高鹗续写时也深深懂得曹雪芹的心思，曲终人散，香菱因难产而死，被其父接回太虚幻境，算是书中女子生命归宿最完好之人。或许，这也是曹雪芹对读书人的偏爱。

"尊敬的旅客，现在是登机广播，到杭州的旅客请注意，感谢您的耐心等待，现在开始登机了。"我关上电脑，背上行囊，朝登机口走去。

2019 年 7 月 22 日

成都双流机场

第六编 文城 ◇

新年思绪

出差一段日子，回到办公室。

第一眼看见的是办公桌上集团发放的新年台历。放下背包，拿起台历，端详一番，突然意识到新年已过去了很长一段时间，但匆忙的自己却似乎没意识到，时光已更替，岁月已轮回。

台历是时光表达的痕迹，是时光给我的新年礼物。可它等我等得太久，我竟然没有把它打开。

撕开封装，翻到第一页，然后用铅笔在十八日（腊月二十四，南方小年）处标注一下。从今天开始，营销团队开始休假了，特意标注是想提醒自己，从今天开始尽量不去打扰他们，哪怕是电话也尽量不要，让他们好好陪陪家人。常年出差，忙碌一年，就让他们好好地休息几天。

台历画面全是年幼的孩子，男孩调皮，女孩微笑，所有的面孔都懵懂可爱，令人想起童年。

翻着台历，我仿佛翻着自己，我就是在不断地翻阅中渐渐老去。青春与老迈之间，不就是一张脸的变化吗？我的脸已经很多年没有这样天真灿烂的笑。

台历仿佛时光老人，它对我说："伙计，这是新的一年，慎重地过好每一天吧。"高中时，读俞平伯的《重过西园码头》，里面有一句话："从现在起我们要仔仔细细地过日子了。"虽不懂，但觉得很美，所以几十年过去，依然记得，此刻想起，更觉深刻。

打开玻璃窗。

一股风从窗外"嗖"地一下蹿了进来，有清晨阳光的味道。

在二十楼望窗外世界，视野辽阔，天空一片湛蓝。

多少年前，此般寒冬腊月，此般乡愁季节，我早就回到老家村湾，守着霜露，拥着炉子，远离喧嚣，或话家常，或临池垂钓，在没有纷扰、宁静闲适的时光里细读文字。

可是，我的新年失去了这份静好，匆忙得连岁月变化都来不及回应，直到十多天后的此刻，我才打开新年台历，已经有十八页与现在无关。

无论过去如何过去，未来如何到来，我终究还是愿意做一名闲适的诗人。

席慕蓉说："走得最急的都是最美的时光。"虽然我总是匆匆，但我喜欢的是慢。就如旧时光，因为慢，一生只够干一件事，一生只够爱一个人，一生也只够生活在一座城市，虽然可能会厌倦，但那种时光，没有焦虑，没有心慌，很细腻，很精致，就如雨果心中的那只老虎，虽然威猛，却有时间和心致去细嗅蔷薇。可我早已忘了蔷薇的花期。

岁月如沙，缓缓地在沙漏里滑落。流沙穿越我的眼线，滑过我的指尖。

过去一年，步履匆匆，但我并不凌乱，感动和收获依然是过去一年的主旋律。

常有朋友与我聊过去，谈往昔的美好，每当谈完，其都有一番感慨，说我们都老了，因为老了，所以对过去生了很多怀念。

我也怀念过去，但我想的不是这样。

曾经，我们都在过去种下了许多梦想，甚至是疯疯癫癫的幻想，但这些种子，今天都结果了吗？

其实，未来本身就是过去和现在的梦想。未来也一定如同今天，日升日落，春去秋来，四季交替，我们依然起于朝阳，栖于落日。未来值得期待，一切只因心中那不甘平凡的梦想。

少时，读过奥地利诗人里尔克的《杜伊诺哀歌》，其中有句话非常经典："未来走到我们中间，为了能在它发生之前很久就先行改变我们。"普希金也曾说："而那过去了的，就会成为亲切的怀恋。"

我把视线从窗外收回，把台历端正地摆在办公书柜的最显眼处，告诉自己新年已经到来，已经真实地走进了生活。我可以记住过去，也可以幻想未来，但事实上，我们再也回不到过去，谁也无法预知明天会发生什么，唯一能做的，就是让自己的此刻充实安稳。

此刻只是一个生命的驿站，是过去与未来的相遇之处。过去与未来，一个是初始，一个是终点，合在一起，就是生命的始终。

2020 年 1 月 19 日
广州播恩总部

无与伦比的美丽

在这三十多年之中，我们亲爱的祖国，经过了多大的变迁！这变化是翻天覆地的……我们都是幸福的！

我总算赶上了这个时代，而最幸福的还是你们，有多少美好的日子等着你们来过，更有多少伟大的事业等着你们去做啊！

……小朋友们也许觉得这是日常生活，但是在三十年前，这样的日常生活，是我所不能想象的！

我鼻子里有点发辣，眼睛里有点发酸，但我决不是难过。

这是冰心《再寄小读者》的一段话，写于 1958 年 3 月。

今夜重读，每读一句，都仿佛听见了冰心女士在六十年前的深情诉说。

和平盛世，任何一个你我都会不由自主地赞美。我们今天的美好生活，如冰心所说，在三十年前是不能想象的。

我和我的祖国，每个人都有说不完的故事，所有故事都用最美的语言讲述。

我的家乡在川东盆地，丘陵起伏，梯田层层，山石凸凹，但山林葱郁，绿树成荫。条条马路，通村达户，宛如彩带，飘舞人间；幢幢楼房，青砖黛瓦，错落有致，如珍珠落布，人间天堂。

家乡的变化远不止于此，高速公路通到家乡，小汽车直达每家，路灯、垃圾站、文体广场、文化站、卫生站、运动场、绿道等设施齐全。乡乡新变化，村村新风尚，家家新景象，户户新文明，人人新生活。

儿时的家乡，没有公路，全是山道小路，所有物品都是肩挑背扛。

在我五岁时，家乡才通了一条坑洼的公路，完工那天来了两个大"怪物"（解放牌汽车和手扶式拖拉机），算是通车仪式，乡里锣鼓喧天，那是绝大多数家乡人第一次见到汽车。我和小伙伴还讨论过"怪物"一天要吃多少草，有伙伴说，这家伙贵气，不吃草光喝油，有的说喝菜籽油，有的说喝洋油（煤油），那时的家乡人极少听说过汽油。

多年以后，我懂得，落后与愚昧有着极强的因果关系。

那时，我的眼睛很小，小得只能看见山里村落，可我的心很大，它装着九百六十多万平方千米的祖国。我向往山外的世界，我渴望插上翅膀飞上蓝天，去俯瞰祖国。我想看长江与长城，我想看珠穆朗玛峰与布达拉宫，我想看北国与南海，我想看五湖与五岳，我想看骏马奔腾的草原，我想看胡杨挺立的沙漠，我想看首都北京的天安门。

这些都是我童年的梦，但不是梦想，那时我不会有这么远大的梦想，因为我八岁多才第一次走出山沟，在县城里，我的眼睛就已应接不暇。但那一刻，我发觉我的眼睛变大了，可以去装更大的世界，我听到了祖国对我的呼唤。

但我的梦后来都变成了梦想，并都实现了。

我走出了大山，登上了长城、五岳，骑上了骆驼、骏马，穿越了沙漠，也在草原上奔驰；我坐上高铁，饱览四海，登上飞机，俯瞰山河；我不但去了首都北京，还登上中央电视塔、东方明珠塔、广州塔。我俯瞰了祖国，也俯瞰了世界，在迪拜塔、罗马斗兽场、法国卢浮宫与埃菲尔铁塔、比利时与荷兰的皇宫、巴塞罗那诺坎普大球场、越南岘港，我还歌唱了《我爱你，中国》。

每当那时，我都会想起冰心的那一句"三十年前，这样的日常生活，是我所不能想象的"。

我的父亲在祖国的最北端卫疆八年。父亲常说，当年从重庆坐火车要九天才能到达。前些日子，我专程陪老父亲坐高铁，高铁上父亲不停地说"高铁太快了，祖国变化太大了，祖国太美了"，激动不已。

1989年春季，我曾偷偷到过重庆，坐电车公交走遍了山城。在菜园坝第一次看到火车，在朝天门第一次看到如楼高的客船，在江北两路第一次看到飞机起落，我的眼睛为重庆的繁华所震撼，我的梦想如大鹏展翅飞向远方。

半年后，我怀揣着大学录取通知书，带着梦想向世界出发，火车很慢，一夜才走两百公里。而今天，时速三百公里的高铁是我们的日常生活。

记得那天，在火车上，我一直按捺不住激动的心，遥望夜空，聆听山河，我的心在说："祖国，我来了！我的梦想，起飞吧！"

在祖国的大地上，我感受到无与伦比的辽阔。

家乡给了我生命，大学给了我翅膀，祖国给了我生命的土壤，时代给了我飞翔的天空。大学毕业，辞职下海，我坐上飞机，在蓝天上飞翔了三个小时，从西南到东北，飞完了父亲当年九天的路程。

三个小时后，我从春天回到了冬天，我第一次懂了父亲说的太阳会在凌晨四点多升起，下午五点天空会繁星点点，祖国是如此辽阔，辽阔得可以错乱时辰、错乱季节。

在祖国的大地上，我感受到无与伦比的强大。

2008年，我的家乡发生了汶川大地震。但从瞬间归零到物质重建、经济重振、文化重兴、社会重构，仅仅不到三年，众志成城的伟大祖国就交出了震撼世界的答卷。

在祖国的大地上，我感受到无与伦比的奇迹。

1949年，祖国一穷二白，但不到七十年，人均国内生产总值就增长了五百四十多倍，人均寿命从三十五岁提高到了拥有更大获得感、幸福感、安全感的七十七岁，祖国的"两弹一星"仅用十年时间就走完了西方国家半个世纪的科技之路。

只用了四十年，深圳就从小村庄发展成世界大都市。此外，还有数不尽的伟大奇迹：港珠澳大桥、大兴机场、贵州天眼、川藏天路、三峡平湖、高铁纵横、神舟飞天、蛟龙潜海、嫦娥奔月……再过不久，祖国将宣布全面解决人口贫困问题，将向全世界展示中国速度，贡献中国方案。

在祖国的大地上，我感受到无与伦比的美丽。

2008 年，奥运会第一次在中国举办，精彩绝伦，同一个世界，同一个梦想。那刻，我大声呼喊"祖国，我爱你"，想起了许海峰在1984 年洛杉矶奥运会射落新中国第一枚奥运金牌的激动场景。

我的祖国，您有太多无与伦比的地方，我怎能不自豪？

这些年，我行走各地，沐浴了各地的阳光，饱览了各地的风景，吸吮了各地的文明，从农村走到大都市，收获了人生和梦想。对未来，我充满憧憬和期待！如冰心所写："在这三十多年之中，我们亲爱的祖国，经过了多大的变迁！这变化是翻天覆地的……"

"有多少美好的日子等着你们来过，更有多少伟大的事业等着你们去做啊！"想到这些，如冰心一样，"我鼻子里有点儿发辣，眼睛里有点儿发酸，但我决不是难过"，我是在告诉自己：我必须更加努力，生命不息，奋斗不止！

2018 年 9 月 30 日

重庆

文　城

每个人心中都有一座城。

这座城，或是记忆，或是远方，或是一首诗，或是一句承诺和一份信念。这座城里，理想得到尊重，善良得到回报，思想自由，情愫干净，屋舍俨然，鸡犬相闻，犹如世外桃源。

这座城，在每个人的心中滋生着莫名强大的力量，是每颗心灵幽静而美好的一方净土。

我心中的城，与余华小说《文城》里的主人翁林祥福一样，叫"文城"。

小美问"文城在哪里"，阿强说"总会有一个地方叫文城"。

林祥福的文城在他从未到过的南方，在那里他能找到心爱的小美，于是他满怀憧憬和力量，放弃田业家产，历经风雨艰难，用了一生的时间乃至生命去寻找。

那是一千多亩肥沃的田地，河的支流犹如繁茂的树根爬满了他的土地，稻谷和麦子、玉米和番薯、棉花和油菜花、芦苇和竹子，还有青草和树木，在他的土地上日出日落似的此起彼伏，一年四季从不间断，三百六十五天都在欣欣向荣。

余华笔下的溪镇，很祥和，很优美，与林祥福的文城有很多相像的影子，但不是他心中的文城的全部，只有纪小美在的地方，才是他心中的文城，但因为溪镇人有着与小美相似的口音，他相信在这里能找到妻子小美，于是，溪镇成了他寻找的文城，成了他的安顿之处。

同样，文城也只是我的向往之城，而不是我的归宿，文城里有美好而干净的文字，但文字不是我心中文城的全部。

我喜欢看书，余华早先的一些作品我都看过，例如《活着》《兄弟》《在细雨中呼喊》等，其中的人物都本真、善良、淳朴，并有大义大爱。但我已经有很多年不看小说了，尤其是长篇，一是没时间，二是怕陷进去。

四月出差，在沈阳桃仙机场的某个书店看到了余华刚上架不久的新作《文城》，毫不犹豫地买了，但不是因为内容，而是因为"文城"的书名瞬间就吸引了我，它是我心中那座城的名字。

林祥福，一个来自北方、身上披戴着雪花、头发和胡子遮住脸庞的男人，他有着垂柳似的谦卑和田地般的沉默寡言。

他在老家时，某天来了一对自称兄妹的南方人，叫小美和阿强，长得极不相像，但他俩说一个随父一个随母，说来自文城，老家是江南水乡，过了长江还有六百多里的路，他俩打算到京城去投奔姨夫，想借宿一晚。林祥福接纳了他们，好吃好穿地照顾着，第二天阿强说自己先去京城，把小美暂时留下，过段时间来接。

林祥福看见了一张晚霞映照下柔和秀美的脸，这张脸在取下头巾时往右边歪斜了一下，这个瞬间动作让林祥福心里为之一动。

…………

小美有着他从未见过的清秀，那是在南方青山和绿水之间成长起来的湿润面容，长途跋涉之后依然娇嫩和生动。

虽然文城和小美的故事从头到尾都是一场骗局，但"正是她的眼睛，使平日里很少说话的林祥福变得滔滔不绝"，"小美的微笑始终在眼前浮现，清秀的容颜在他的睡眠里轻微波动，仿佛漂浮在水上"，林祥福却是真实心动了，他心里的白天和暖阳到来了。不久，两人生了情，结了婚。

小美在知道了林家金条的位置后，哪怕仁义地只偷了一半，终究还是偷了，并离开了。而在林祥福好不容易从这段情感中走出来时，小美却回来了，说怀上他的孩子，她要为林家生下来，林祥福原谅了她，但生下女儿后，小美又跑了。

如果你再次不辞而别，我一定会去找你。就是走遍天涯海角，也要找到你。

小美再次回到身边时，林祥福以坚定的语言告诉读者，他深爱小美，他认定自己这辈子需要小美，这份深爱也来自他"田地般执拗的性格"，小美的再次离开，对他的打击很沉重，他极其痛苦。

但文城在哪里？他苦苦寻找文城到底是为了什么？

没人知道他为什么要找一个不存在的地方。

在寻找途中，林祥福只要听婴儿的哭声，就会去敲人家的门，拿出铜钱，为女儿讨一口奶喝，到了溪镇，漂泊沉淀下来，女儿也在陈家老婆的照料下长大成人，美丽大方，体贴懂事。他做了木匠，成了溪镇的大户人家，成了万亩荡和木器社的主人，可一直独身未娶。

所以，寻找文城是为了给女儿完整的家，是因为对小美的眷恋，这是最直接的缘由。

可林祥福是淳朴的、愿意救赎他人的人，他的善良有天性的根基，哪怕在军阀混战与社会动荡中，他也为了人伦圆满而牺牲自我。所以，如此强烈的"就是走遍天涯海角，也要找到你"，绝对不可能是因为恨，也绝对不可能只是因为对小美的爱，那是人伦中最小格调的情感。

我认为有两个原因：一个是执念，他要明白真相，给自己一个交代；另一个是笃定，他笃定世界的真诚，他笃定善良不应该被欺骗，他笃定小美一定是迫不得已，他笃定自己应该拥有幸福的生活。所以，他要找到文城。

晚霞在明净的天空里燃烧般通红，岸上的田地里传来耕牛回家的哞哞叫声，炊烟正在袅袅升起。同时升起的还有林祥福的幻象，他看见小美了，怀抱女儿坐在北方院子的门槛上，晚霞映红了黄昏，也映红了小美身上的土青布衣衫和襁褓中的女儿。从城里回来的林祥福一手牵着毛驴一手举着一串糖葫芦，走到小美身前，他将糖葫芦递给小美，小美将糖葫芦贴到女儿的嘴唇上。

这是小美留给林祥福的诗一般的憧憬。文城是小美留给林祥福的诗一般的眷恋。

看到这段，我知道我错了，他耗尽一生寻找的其实是他的远方，是能给他灵魂答案的地方，所以才有"总会有一个地方叫文城"的执念。

余华对心怀美好、固守情义、心地干净的人都是怀有敬意的。

多年后，林祥福因为坚守情义而死于土匪暴乱，余华以有力的文字予以了崇高的精神礼赞。

死去的林祥福仍然站立，浑身捆绑，仿佛山崖的神态，尖刀还插在左耳根那里，他的头微微偏向左侧。他微张着嘴巴眯缝着眼睛像是在微笑，生命之光熄灭时，他临终之眼看见了女儿，林百家襟上缀着橙色的班花在中西女塾的走廊上向他走来。

小说特意安排了护送林祥福的棺柩回北方老家安葬，叶落归根的段落，这表达了对好人有好报的美好祈愿，也表达了对林祥福寻找文城悲凉结果的深深叹息。

小说结尾，作家以简洁的笔调和悲凉的文字，描绘了溪镇的萧瑟和破败，以此表达自己复杂的心情，书写了对这位朴实善良、心有执念的乡绅的悲痛挽歌。

道路旁曾经富裕的村庄如今萧条凋敝，田地里没有劳作的人，远远看见的是一些老弱的身影；曾经是稻谷、棉花、油菜花茂盛生长的田地，如今杂草丛生一片荒芜；曾经是清澈见底的河水，如今浑浊之后散发阵阵腥臭。

林祥福的身边没有一个坏人，所有坏人都是从外侵入，而且面容模糊，溪镇虽然不是林祥福真正的文城，但也是一个完美而诗意的真实存在。但我认为，对于林祥福，结局不应该这样，世界不应该这样对他。

也许余华也是感性的，在小说结尾，又写了《文城补》，交代了林祥福想知道的真相，也是余华对执念者的敬畏。

纪小美，十来岁时作为童养媳到了阿强家，她与阿强自幼互相喜欢，他们的爱情青涩，但清纯美好，虽有婆婆的威吓，但阿强对小美有强烈的依恋，偷钱去找被休掉的小美，且冒险地离家出走，浪迹天涯。

纪小美之所以有复杂多面的性格，是因为从小的苦难经历，是因为苦难的时代；导致她人生悲剧的是混乱动荡的时世，但她坚硬却柔软，叛逆却驯良，她的心中也有一座城。

在看到林祥福与女儿找到溪镇之后，虽然有无法相认的残酷，令她极其痛苦，但她从未放弃对女儿的牵挂。或许，余华要交代的是文城里透着的永不泯灭的种种善良。

忧伤在她心里溪水般潺潺流动了，似乎有了轻微声响，那是她内心深处的哭声。这婴儿衣服和鞋帽与其说是给女儿缝制的，不如说是给她自己缝制的，她是把思念聚集到手指上，聚集到一针一线里，她缝制时根本没有去想女儿是否会穿上它们。

…………

溪镇有人在深夜时分听到的凄楚哭泣，就是小美在梦里失去女儿的哭声。

《文城补》不但交代了小美的迫不得已，而且交代了溪镇就是文城，小美也真的生活在这里，算是对心怀执念、寻找真相的林祥福的交代。可遗憾的是，当小美死在林祥福面前时，林祥福却没把她认出来，说出了红尘世事里的真实与沧桑。

归途中，仆人歇息，林祥福的灵柩正好停在了小美和阿强的坟墓旁，作家以"梁祝"的方式，给了一生寻妻、寻文城、寻心中远方的林祥福一个圆满的结局。

他们停下棺材板车，停在了小美与阿强的墓碑旁边。纪小美的名字在墓碑右侧，林祥福躺在棺材左侧，两人左右相隔，咫尺天涯。

文城在哪里？总会有一个地方叫文城。

诗人的文城在哪里，诗人说，总有找到文城的日子。

从写作角度来说，没有《文城补》的《文城》或许会更好，会更有思考空间。但从诗人角度来说，有《文城补》的《文城》才叫文城，才是诗人心中的那座城，因为它补进了社会的善良，补进了人们的祈愿，基于这点，我更加喜欢余华的《文城》了。

此时天朗气清，阳光和煦，西山沉浸在安逸里，茂盛的树木覆盖了起伏的山峰，沿着山坡下来时错落有致，丛丛竹林置身其间，在树木绵延的绿色里伸出了它们的翠绿色。青草茂盛生长在田埂与水沟之间，聆听清澈溪水的流淌。鸟儿立在树枝上鸣叫和飞来飞去的鸣叫，是在讲述这里的清闲。

读完《文城补》最后一段干净美好、安宁清闲的文字，我合上了《文城》，结束了这一天住在文城里的日子。

2021 年 6 月 20 日
广州